Esqueletos confidentes

y

otros relatos de misterio

Martín Torres Gavíria

© Copyright Martín Torres Gavíria 2008

Portada © Copyright Martín Torres Gavíria 2008

ISBN 978-1-4092-3257-5

A mis padres.

A mi Reina con sus tres Torres.

Índice

-Preámbulo 7

-La Merced 9

Accésit XVII Premio de Narración Breve "De Buena Fuente" de Logroño (2002)

-Sagasta y el Maine 29

Accésit XVIII Premio de Narración Breve "De Buena Fuente" de Logroño (2003)

-Esqueletos confidentes 47

Primer premio XV Concurso Literario "Esteban Manuel de Villegas" de Nájera (2004)

-Tenochtitlán (tras los huesos de Hernán Cortés).......... 73

Accésit XVI Concurso Literario "Esteban Manuel de Villegas" de Nájera (2005)

-El eje de la ambición 111

Finalista del XIII Concurso de relatos cortos "Juan Martín Sauras" Andorra -Teruel- (2008)

-15 a 21 139

Preámbulo

El porqué de este libo.-

Un narrador de historias, como es mi caso, siente una doble satisfacción, por un lado, cuando narra a través de la escritura la trama de un relato y por otro, no menos importante, cuando el lector lee esas aventuras, sucedidos, o cuentos.

Sería impensable admitir que un pintor pusiera en cautividad sus cuadros para ser contemplados únicamente por él. Además de expresar lo que siente con su pintura, necesita que su obra sea admirada.

Disponía de varios relatos desperdigados, algunos editados por diversos premios de narración, que de alguna manera he querido agrupar en un solo libro con su propia personalidad y estilo. Hay algunos elementos que marcan la identidad y el carácter del libro; como son los relatos históricos, la intriga, la investigación y el misterio. Así como el hecho común de los desenlaces: inesperados, atrevidos y enigmáticos.

Este libro ofrece al lector viajar por el mundo en diferentes épocas históricas. Visitar la ciudad de Logroño a finales del siglo diecinueve, observando la vida cotidiana de la sociedad y como un asesinato perturba a una capital de provincias durante la visita regia de Amadeo I. Viajar a La Habana en plena insurrección independentista, recorrer sus calles y presenciar en primera fila el hundimiento del Maine. Trasladarse al Méjico precolombino y al actual, descubriendo Tenochtitlán, e ir tras los huesos de Hernán Cortés, a través de sus memorias. Asistir a las luchas por el poder en los bufetes, volar al Océano Pacífico y ser testigo de la decisión personal e intimista de un triunfador. Y por último, disfrutar de un partido de pelota a mano y de cómo sus integrantes participan en la liberación de su ciudad asediada por los franceses en el siglo dieciséis.

En definitiva si al lector le gusta la historia, los viajes, las aventuras, la intriga, la investigación y el misterio, disfrutará con estos relatos. Esta es mi segunda satisfacción y el porqué de este libro.

La Merced

"Amargas son las raíces de la investigación,

pero dulces son sus frutos"

Introducción

Con la excusa de visitar Zaragoza, el Rey Amadeo de Saboya hace una parada técnica en Logroño para saludar al General Espartero, o más bien, para obtener su aquiescencia en la gobernabilidad de España.

En tan festivo día, tiene lugar la muerte de una dama misteriosa en la casa del Marqués de Covarrubias, general ayudante de Espartero.

El comisario del juzgado D. León Martínez y su ayudante, tratarán de descifrar tan enigmática muerte, a la vez que averiguar el halo misterioso de la identidad de la dama.

Espartero y León son viejos conocidos, ambos lucharon codo a codo en Perú. Se conocen, se estiman, se admiran y se respetan. Ambos tienen el carácter fuerte y a ambos les gusta hacer bien las cosas. León incordiará a Espartero, sin miedo pero con deferencia, sin temor pero con consideración, sin recelo pero con miramiento. Cada cual tiene que ocuparse de lo suyo.

El narrador es el ayudante del comisario que describe situaciones y hechos recordados desde la perspectiva de los años, pero vividos en su incipiente juventud. Se enfrentó a personas de fuerte carácter y vivió momentos tensos, muy tensos. Descubrió historias misteriosas y el desenlace fue inesperado.

La Merced

Siempre recordaré aquel 29 de septiembre de 1871 como el día más largo y más intenso de toda mi azarosa vida. Logroño amanecía engalanada, todos los balcones de la ciudad acicalados con sus mejores tejidos, flores y banderas. Las calles atildadas, daban a la ciudad un aspecto limpio, y festivo.

La ocasión lo exigía, no todos los días recibíamos visita Regia. Con motivo de su viaje a Zaragoza, D. Amadeo I, decidió entrevistarse con nuestro ilustre conciudadano D. Baldomero Espartero, que dicho sea de paso, más que una visita protocolaria, yo la definiría como un encuentro necesario para obtener consejos y apoyos de nuestro general, cuya pericia, destreza y sobre todo experiencia, eran de todos conocidas.

Muy temprano caminábamos ligeramente a lo largo de la calle del Mercado. Mi superior me precedía al trote y no apartaba su mirada del suelo, que ese día semejaba un espejo, yo distraía mi caminar observando las decoraciones y suntuosidades de los balcones y alféizares.

Por fin llegamos a la Plaza de San Agustín y la Guardia Real, que estaba custodiando la casa-palacio del Duque de la Victoria, donde iba a hospedarse nuestro monarca, nos cortó el paso. Mi acompañante les mostró su identificación, pasamos el control y giramos a la derecha.

León Martínez nació en Alcanadre, según él, cuando luchábamos contra los franceses. Embarcó para Perú muy joven y allí luchó contra los insurgentes a las ordenes del Virrey De la Serna y en algunas ocasiones del General Espartero, en aquel entonces Brigadier. Con la vergüenza de Ayacucho para toda su existencia, dejó la milicia para dedicarse a la policía judicial; robos, asesinatos, reyertas, etc. aunque, en una ciudad provinciana como esta, no suele alterarse demasiado el quehacer diario.

Don León, como tenía que llamarle, ataviaba levita gris, ceñida al cuerpo, cuyos faldones se cruzaban por delante, pantalones y chaleco del mismo color y camisa blanca cerrada al cuello, completaba su traje. Como complementos, una gran boina negra tapándole la frente e inclinada hacia la derecha (a veces nos reíamos porque parecía que la llevaba colgada de la oreja) y un bastón-sable con puño y contera metálicos.

Se trataba de un hombre sencillo, siempre muy pulcro y con cierto aire de elegancia. Era el Comisario más antiguo del Juzgado y a pesar de que nunca tomaba notas, se acordaba de todos los detalles, hasta de los más insignificantes. Meticuloso y minucioso pero sin llegar a ser quisquilloso o puntilloso. Era un buen hombre.

Martinillo era mi apodo familiar y por extensión, todo el mundo ha terminado llamándome de tal proceder. Mis padres emigrantes de Munilla llegaron a Logroño como criados del Secretario del Obispado; uno en la huerta y la otra como sirvienta, intentaban dar de comer a sus cinco hijos.

Yo el tercero en venir a este mundo, me dedicaba en esas fechas a ser aprendiz de escribano en el Juzgado y a acompañar al Comisario León en los sucesos que acaeciesen, para tomar notas y preparar los informes y certificados. Mi propensión a la escritura hizo que colaborara en el diario local "El Zurrón del pobre", un periódico literario y de anuncios con muy pocos medios, como su nombre indica, donde narrábamos el verdadero néctar de la sociedad logroñesa.

Por fin llegamos a nuestro destino y para romper el silencio pregunté "¿Quién vive aquí, Don León?". La omisión de sonidos, fue toda su respuesta. Como buen aprendiz de periodista insistí, "¿Es esta la Casa del Marques de Covarrubias?". Su mutismo fue total. Se paró, me miró, e hizo un ademán ordenándome que callase.

El casón, de 36 pies de frente y 56 de fondo, tenía tres plantas y un desván (la parte más alta de la casa, inmediatamente debajo del tejado), donde normalmente se guardan las viandas para serenar, los baúles con recuerdos y objetos inservibles. La fachada, con la primera planta de sillería y el resto de ladrillo. Los balcones y ventanas cubiertos de forjados fundidos en el norte de España.

La cubierta de teja roja árabe y la cornisa o saledizo, asegurada por las vigas de madera del propio tejado.

Su emplazamiento, al Septentrión con la calle Mayor - a la altura de las Costanillas-, al Mediodía y Saliente, corrales y jardín, y a Occidente, calle cerrada de los Azotados. La entrada principal, situada en las Costanillas y la de servicio y caballerías, en la de los Azotados.

Este aspecto impactante del exterior no fue nada comparado con la sensación que percibí en su interior.

La planta baja se inauguraba con un gran recibidor con suelo de losa. A mano izquierda, una escalerilla conducía a la bodega a través de un estrecho pasadizo, con bajo techo en semicírculo. Al pie de la escalinata, una despensa, dependencias y comedor para criados, retrete, cocina y acceso al jardín y cuadras en el Mediodía.

Por la escalera interior se accedía al resto de plantas y desván. Los suelos, en planta primera y segunda, estaban embaldosados, enladrillados o entarimados, según el tipo de habitación que se tratase, seleccionando el entarimado de pino para las más importantes.

Las paredes casi todas estaban empapeladas y los techos iban adornados con cuarterones de pino entre bovedillas. En la primera planta una antesala daba acceso a un gran salón con chimenea de mármol y dos balcones. A ambos lados del salón dos dormitorios en papel dorado y chimenea de mármol. Completando la planta un retrete labrado en madera de caoba. Los suelos de los dormitorios estaban entarimados con pino, dando un aspecto acogedor y cálido. A través de un corredor comunicaba la planta con cuadras, jardines y la escalera de servicio.

En la segunda planta, un recibidor comunicaba a dos habitaciones con armarios empotrados y otros tantos dormitorios con chimenea de latón para calefacción, complementado con un retrete también de madera. El desván completamente diáfano, con suelo de yeso muerto y pequeñas ventanas a las dos calles y al jardín.

Al pie de la escalera, en su arranque inicial, la mujer yacía de costado. La cabeza, peinada al moño, buscaba su axila izquierda y el brazo encogido agarraba el tirante del primer peldaño. El brazo diestro, escondido bajo el pecho y el puño cerrado. Ambas piernas encogidas pegadas al cuerpo.

Las dos criadas y el asistente lloraban desconsolados. El médico departía con mi jefe y yo me preguntaba si realmente estaba muerta, era el primer cadáver que veía en mis dieciséis años de existencia.

Las conjeturas del médico eran las siguientes. Si hubiera sido un cadáver normal, lo hubiera certificado y al cementerio. Pero ese cadáver ¡Tenía algo! Es cierto que la señora era mayor, pero no estaba enferma, al menos recientemente, según los criados. El doctor recelaba porque -según él-, tenía el cadáver evidentes signos anatomo-patológicos de muerte por intoxicación. Partía del primer síntoma de convicción, por la disposición del cadáver. Nos recordó que la rigidez cadavérica es un lento proceso de contracción muscular generalizada, que comienza habitualmente hacia las dos horas de la muerte y crece en intensidad hasta las seis horas, en que empieza a disminuir. Sin embargo el caso que nos ocupa, presentaba una acentuada rigidez, con gran contracción muscular, con las manos cerradas y el pulgar cubierto por los restantes dedos. Lo que era un diagnóstico claro de muerte por intoxicación.

El segundo y definitivo indicio, era la coloración rosa intenso de la piel, labios y uñas. Lo que evidenciaba, el envenenamiento -presumiblemente por ácido cianhídrico-.

Ahí finalizó el trabajo del doctor y comenzó el nuestro -perdón- el de mi jefe. Tenía que averiguar: ¿Quién? y ¿Cómo? Para mi instinto periodístico, aquello prometía. ¡Empezaríamos por los criados!

Pero una vez más, Don León me desconcertó diciéndome: "Lo primero que tenemos que averiguar Martinillo, es ¿Quién demonios es esta señora?"

Por lo que anoté del asistente, la señora no era la madre del Marqués de Covarrubias, aunque por la edad lo pareciese. El Marqués, general ayudante de D. Baldomero Espartero, vivía en la segunda planta, habitando ella en la primera. Las criadas fueron más explícitas y me dictaron que "la señora", solo hacía dos años que allí vivía, no sabían de donde vino, hablaba poco y con un acento raro, prácticamente no salía de casa y era mentada como "**La Merced**".

Las directrices de mi jefe eran bien claras. Solicitar la presencia del Marqués de Covarrubias en la casa y obtener cierta información. Mientras él inspeccionaría las dependencias.

Fue una tarea ardua cruzar la Plaza de San Agustín y llegar a la casa de D. Baldomero. La gente establecía posiciones para poder ver y vitorear al monarca. El general Espartero y su séquito estaban a punto de salir hacia la estación de ferrocarril, para recibir con todos los honores a D. Amadeo I. Comuniqué la misiva a un oficial, que se la transmitió al Marqués de Covarrubias. Advertí como a paso ligero, con todo su uniforme de gala, cruzaba la plaza, ante la atenta observancia del Conde de Luchana. Eran las once de la mañana y solo quedaba una hora para la llegada del tren procedente de Zaragoza.

En mi nueva presencia en la casa, el número de actores en escena había aumentado. Un carruaje fúnebre estaba estacionado frente a la puerta principal de la calle Mayor. Dos alguaciles custodiaban la puerta y en el interior, el enterrador y un ayudante trasladaban el cadáver. Sobre el primer rellano de la escalera, Don León y el Marqués discutían. Subí con mis notas para enseñárselas y mi jefe me dijo: "Ahora no". Me mantuve inmóvil y me hice testigo involuntario del debate.

-Quiero que me diga quién era esa señora y por qué vivía con usted - insistió Don León.

-Y yo reitero, que a usted no le importa a quien de cobijo bajo mi techo - contestó gritando el Marqués.

-Me importa y mucho desde el preciso instante en el que esa mujer ha sido asesinada y en su casa -le recriminó mi jefe.

En ese momento, el Marqués de Covarrubias se quedó inmóvil unos segundos e insistió en una pregunta trivial "¿Asesinada?" y Don León le respondió "Efectivamente y por ello me va a decir usted quién era **La Merced**".

El Marqués dejó los guantes y el gorro en la escalera, se apartó el sable para que no le estorbase, se sentó en un peldaño apoyando brazos y cabeza sobre las rodillas y entre sollozos dijo: "He sido yo".

Sobre las dos de la tarde toda la comitiva de autoridades políticas, eclesiásticas y militares, junto con el Rey, se disponían a comer en casa de D. Baldomero Espartero. El espacioso comedor, con suelo de tarima y chimenea de hierro y latón se situaba en la planta baja de su casa-palacio. Contiguo al mismo, esperaba Don León en la sala de billar -juego preferido de D. Baldomero-.

Entró el general, con cara de pocos amigos -como siempre- y dijo:

-¿Qué demonios quieres León? Estoy con Su Majestad y su séquito a punto de comer y tengo que romper el protocolo, sólo porque quieres decirme algo. ¿Qué es tan grave, que no puede esperar a mañana?

-Ha muerto **La Merced**, mi general -le trataba militarmente, como cuando sirvió con él en Perú.

Tras unos segundos de pausa y cierta emoción contenida, con aspereza como su semblante, contestó.

-Lo sé por un chico que has mandado esta mañana. ¿Pero qué tiene de urgencia? - se interesaba Espartero.

-Ha sido asesinada y se ha culpabilizado el Marqués de Covarrubias, los alguaciles se lo han llevado preso -le informó Don León.

-¡Eso es imposible! El Marqués es incapaz de hacer algo así -exclamó el general.

"¡Exacto! El Marqués no ha sido". Le confirmó Don León, ante la atónita mirada del Duque de Morella, que ahora si empezaba a prestar atención a mi jefe.

En efecto, el Marqués no pudo ser porque una vez que se declaró culpable, preguntado por el método utilizado, los dijo todos..... y no acertó ninguno. Era claro y evidente que se culpabilizaba para encubrir a alguien. ¿A quién?

La información que me había requerido Don León, lejos de aclarar, enturbió más el misterio. Examinados los registros oficiales, descubrí que la casa estaba inscrita en el apeo de edificios de 1818 a nombre de D.Leoncio Fernández de Luco, padrastro de Dª Jacinta Martínez de Sicilia, esposa de D. Baldomero Espartero. El referido D. Leoncio ya había fallecido y su hija directa Dª Vicenta Fernández de Luco de Sicilia -hermana por parte de madre de Dª Jacinta- era la heredera. No obstante tampoco estaba inscrita a favor de D. Baldomero o su esposa, ya que las casas que poseían registradas en el apeo eran: la casa-palacio de la Plaza de San Agustín con dos casas más contiguas, cuatro en c/Cerrada núms. 7, 9 ,11 y 13, tres en c/Albornoz, dos en c/Laurel núms. 22 y 24, c/Juan Lobo 11, c/Herrerías 14, c/Rúa vieja 54, c/Mercaderes 44, y c/Mayor 26 y 27, ninguna la que nos ocupa.

Ese fatídico día coleccionábamos misterios. No conocíamos la identidad de la fallecida, desconocíamos quién y cómo la habían matado y por si fuera poco, la casa no era del Marqués de Covarrubias; estaba inscrita a nombre de un fallecido y no al de su heredera. Y el Marqués de Covarrubias se había declarado culpable siendo totalmente inocente. ¿Algo más?

-Mi general, siempre le he admirado. Le obedecí y fui leal a sus órdenes en la milicia y posteriormente de civil soy su más enfervorizado adepto y seguidor. Pero en estos momentos usted está obstruyendo mi labor, no está colaborando y está permitiendo que su ayudante de campo se responsabilice de un asesinato que usted y yo sabemos, no ha cometido.

Esta frase seria de Don León, dicha con firmeza y mirándole a los ojos al general, fructificó en el desenlace parcial del caso.

A **Doña Merced**, como así la denominó el general, la había conocido en Isla de León (Cádiz) en 1812 durante su estancia en la Academia Militar. Luego ella se fue a Perú y se casó con un comerciante de Lima. Coincidieron en la campaña que Espartero hizo en los Andes,

no teniendo más noticias de ella hasta hace tres años que le escribió informándole de su estado de viudedad. El general por compasión, debido a la avanzada edad y falta de medios, le costeó el viaje y la estancia en Logroño, alojándola con su ayudante de campo, el Marqués de Covarrubias. Que con su autoimputación servía lealmente al general.

El Duque de la Victoria confirmó así mismo que la casa la compró por ochenta mil reales al Marqués de la Habana, marido de su cuñada Vicenta. La transacción la formalizó en documento privado, sin elevarlo a público en el apeo de edificios, para no mostrar las penurias económicas del familiar. (Ocho años más tarde, el Marqués de la Habana aprovechó el fallecimiento sin herederos de Don Baldomero y Doña Jacinta para destruir los contratos privados y retomar la propiedad de la casa).

Seguíamos casi como al principio, sabíamos de quien era la casa, conocíamos la identidad de **La Merced**, pero continuábamos ignorando, quién y cómo la habían matado. Don León ya se hacía otra pregunta ¿Por qué?

-Me falta el móvil -insistía Don León-, en todo asesinato siempre hay un móvil, un motivo, por injustificable que parezca, siempre hay un móvil. ¿Quién puede querer asesinar a una anciana de setenta y cinco años?

-Si usted me perdona -interrumpí al de Alcanadre-, el único que puede tener un móvil es el general.

-¿Qué dices bellaco? ¡El general! ¿Por qué? -contestó airado Don León-.

-Para encubrir la identidad de **La Merced**.

-¿Qué identidad?

Eran las seis de la tarde, Don León todavía no había probado bocado y yo gracias a unos mantecados que procuré en la cocina con la complicidad de una criada, me mantenía en pie.

Finalizado el ágape, Don Baldomero Espartero invitó al Rey a "la Fombera". Finca a las afueras de la ciudad, en la que sus tierras son regadas por tres ríos -Ebro, Iregua y Lomo-, y en la que el Duque de Morella pasaba largas jornadas dedicándose a la horticultura.

Llegué con mi jefe y éste pidió autorización para platicar con Espartero. Al instante apareció menudo, frunciendo el entrecejo y los brazos a la espalda.

-Es la primera vez que S.M. Don Amadeo I, visita Logroño, es mi invitado personal y con esta es la tercera vez que tú y este zagal me importunáis.¿Qué es lo que quieres León?

-Lo siento mucho mi general, llevo un día muy intenso desde que esta mañana el doctor confirmó el envenenamiento de esa señora. No logro solucionar este suceso y estoy convencido que usted tiene la clave de esta incógnita.

-Amigo León, porque ambos hemos luchado hombro con hombro, si no a estas horas ya estarías en la cárcel o... mucho peor.

Aquella insinuación o sugerencia a mi jefe, me amedrentó. Pero se me heló la sangre cuando el general, una vez finalizado con Don León, dijo: "...y tu zagal, deja de una vez de escribir".

El comisario era siempre respetuoso con Espartero pero no se arredró y dándole una nueva y desconocida -para mí- orientación al caso, le preguntó:

-¿Quién fue la mujer que le ayudó a escapar de la cárcel en Capachica y huir de las garras del criollo Bolívar, según se rumoreó en su momento?

Las ramas de los árboles dejaron de moverse, el viento cesó y el cantar de los pájaros desapareció. El silencio era denso. Ambos -general y comisario- frente a frente se miraban impertérritos, el duelo estaba servido. Yo, dejé de escribir. Sentí un temblor en el suelo proveniente de mis piernas. Y en ese preciso instante apareció S.M. Don Amadeo I, y en un español de Saboya rompió el fuego:

-Hay dos cosas que verdaderamente le envidio Don Baldomero. La primera es su popularidad y la segunda, la tranquilidad que gobierna su vida en esta apacible finca.

Tan impresionado quedó el Rey de la personalidad de D. Baldomero, del clamor popular que despertaba, de su evidente liderazgo en la clase política de España y en especial de la sociedad liberal, que en agradecimiento a sus buenos consejos y apoyos, le otorgó el título de Príncipe de Vergara, añadiéndolo a los que ya poseía de: Vizconde de Banderas, Conde de Luchana, Duque de la Victoria y Duque de Morella.

Los duelistas disimularon y atendieron al monarca. Posteriormente hicimos un aparte y el Vizconde de Banderas se explayó.

-Esto que pertenece íntimamente a mi persona, te lo cuento amigo León, porque hay de por medio una muerte, pero no quiero que ni tú, ni el escribano dejéis de tomar esto como una declaración estrictamente confidencial.

Estando preso en la península de Capachica junto al lago Titicaca, una amiga llamada María de Bahía, sobornó a la guardia y me procuró salvoconductos con los que pude embarcar en Quilca hacia Burdeos y regresar a España.

-¿Qué influencias tenía esa tal María, para poder diseñar la fuga? -inquirió el comisario-.

-Era la amante del criollo Bolívar -contestó Espartero dando media vuelta y marchándose-.

Tras doce horas -las ocho de la tarde-, estábamos de nuevo en la casa. "La respuesta tiene que estar aquí", decía una y otra vez mi jefe. "Martinillo, quiero que inspecciones minuciosamente el desván. Yo indagaré en las habitaciones de **La Merced**".

Lo más substancioso lo encontré en un baúl: un cofre guardajoyas, que no lo pude abrir. Así que lo bajé a la planta primera donde estaba mi jefe inspeccionando la habitación de la fallecida.

Al entrar en la habitación, vi como mi jefe observaba un retrato sobre una consola antiquísima. Una dama asía la mano de un señor, "Su marido", me dijo señalándolo con el índice. Intentamos abrir el guardajoyas y se resistió. Debíamos encontrar la llave. Después de un día fatídico, la suerte se nos apareció y en el tocador estilo Imperio, dentro del joyero encontramos la llave deseada.

Todo nuestro entusiasmo se volvió decepción al abrir el cofre. Tanta expectación para encontrar un retrato y un frasco.

Sin embargo esa desilusión fue transformándose en intriga y misterio. "Si están tan bien custodiados será por algo", sentenció mi jefe.

El retrato era de un militar en pie junto a una señora sentada. "La señora es la del otro retrato, luego es **La Merced**. Pero el militar no parece el otro señor. Y sin embargo me quiere recordar a alguien". Escudriñaba Don León. Volvió el retrato y leyó en voz alta el texto escrito al dorso:

"*Si se opone la naturaleza a nuestros designios, lucharemos contra ella y la haremos que nos obedezca. A la luz de la verdad y del tiempo nada se esconde, el mérito brilla y la maldad se descubre. Deseo más que nada ver formarse en América, la más grande nación del mundo, no por su extensión y riquezas, sino por su libertad y gloria.*
¡Viva la América no colonial! ¡Mueran los viracochas!"

Nada más terminar de leerlo, el comisario me solicitó: "Dame el frasco". Lo abrió, lo olió y degustó una ínfima muestra de su contenido tomándola con el dedo meñique.

"Martinillo -me dijo con una amplia sonrisa-, hemos solucionado el enigma".

En el comedor de los criados de la planta baja, con la aquiescencia de la cocinera nos dispusimos a poner a buen recaudo, un par de huevos fritos con chorizo y un odre de vino. Y solo después de haberme comido el primer huevo, le dije a mi jefe que me explicara el misterio, porque yo seguía en ascuas.

-Verás Martinillo -narró entre huevo, chorizo y trago de vino de la bota-, la señora de ambos retratos es la misma, es decir, **La Merced**, pero no los señores. El civil entiendo que era su marido, pero el militar, que inicialmente me era familiar -no olvides que serví en Perú-, era el criollo Simón Bolívar. Confirmado al leer su arenga escrita en la foto.

-Y ¿Qué significa Viracochas? -pregunté mientras daba buena cuenta del segundo huevo-.

-Es el nombre que los indígenas nos dieron a los españoles.

Al ir calmándose el hambre empecé a espabilar y planteé.

-Entonces **La Merced** y María de Bahía........

-¡Exacto!

-Si, pero quien la ha asesinado.

-¡Nadie! -contestó el comisario-.

-¡Que ocurre! ¿Es que está viva? -empecé a pensar que la bota enturbiaba las ideas de Don León-.

-Es difícil conocer los motivos que le llevaron a suicidarse. Tal vez la soledad, la distancia, la angustia por el enfrentamiento de sus identidades. No lo sé, pero lo cierto es que se suicidó.

El frasco contiene polen de Kantuta. Flor que utilizan como fármaco los indígenas Machiguengos, que en dosis excesivas produce la intoxicación que la ha matado. Sólo ella podía conocer la existencia del frasco y los efectos y consecuencias del polen, de ahí lo bien custodiado que lo tenía.

El único móvil, era ella misma.

A la mañana siguiente todas las gacetas y diarios recogían la visita regia a Logroño. Ninguno hizo referencia a la fallecida.

En el "Zurrón del pobre" redacté dos esquelas -por si "**alguien**" las leía-, una a nombre de María de Bahía – *colaboradora criolla a la independencia Colonial*-, y la otra – *viuda gaditana emigrada al Perú*-, a nombre de **La Merced**...

Sagasta y el Maine

Introducción

Todo comenzó a las 9,40 p.m. del 15 de febrero de 1898 cuando una estrepitosa explosión hundió el acorazado Maine. Esto significó el principio del fin. España entró en guerra con EEUU y al final perdimos las últimas colonias: Cuba, Puerto Rico y Filipinas. **El desastre del 98**.

Así fueron los hechos que han trascendido en el tiempo y en la historia; pero hay una trastienda, no pública, que explica el porqué de muchas incógnitas: ¿Por qué Cuba no aceptó la Constitución que le ofreció Sagasta? ¿Por qué el acorazado Maine no solicitó permiso para entrar en la Bahía de La Habana? ¿Cuál era su verdadera misión en la bahía? ¿Cómo explotó? ¿Por qué? ¿Por qué solo fallecieron dos oficiales de los veintiséis de tripulación? ¿Por qué el verdadero ciudadano Kane (Willian Randolph Hearst) instó a la guerra desde sus rotativas?

Todo ello lo descubre y lo pone en evidencia el espía español Nit Ram Towers. Así lo narra Práxedes Mateo Sagasta, porque realmente todo comenzó con una reunión secreta entre el Presidente de EEUU William Mckinley con el Secretario de Estado John Hay y el Subsecretario Naval Teddy Roosevelt, rodeados por un pequeño bosque de ceibos.

Sagasta y el Maine

"Ante el cese humillante, la dimisión honrosa", ha sido una de mis máximas mas utilizadas, y creed que el aforismo lo he aplicado en mis continuos cambios de Gobierno.

A mis setenta y tres años, y cuatro Gobiernos a la espalda, mi vida no es una hagiografía y mi cuerpo comienza a macarse, pero en mi mente se contraponen, se alternan (¡como con Cánovas!), mis ideas revolucionarias de aquel estudiante de Ingeniero de Caminos, firmando un manifiesto de adhesión a Isabel II, lleno de energía, vitalidad y hacinamiento ideológico, con mi murria, desconsuelo, melancolía, decaimiento y pena, mucha pena por el llamado "desastre del 98". Por la pérdida de nuestras reliquias imperiales: Cuba, Puerto Rico y Filipinas.

España entera me hace responsable de tal agravio, ¿Ha sido un desacierto el Tratado de París? o ¡Una necesidad! ¿Hubiera sido mejor, haber cedido a las presiones de compra de esos territorios por parte de Estados Unidos? Analizándolo "ad pedem litterae", es una herida lancinante en medio de mi corazón, ¡maldito Maine!

Todo comenzó a las 9,40 p.m. del 15 de febrero de 1898 cuando una estrepitosa explosión hundió el acorazado Maine. Los americanos con su presidente McKinley a la cabeza hicieron caso omiso a mis alegaciones y sobre todo ignoraron por completo el informe de los especialistas internacionales; decidiendo unilateralmente que éramos responsables de la destrucción del barco y de la muerte de dos oficiales y doscientos cincuenta y ocho marinos; derivando en la declaración de guerra de EEUU a España el 25 de abril de 1898.

Recuerdo de zagal cuando recalaba en la abacería de mi familia, allá en

Torrecilla de Cameros, que nada era lo que en principio parecía; por ejemplo el vinagre y el vino. No es suficiente con verlos para diferenciarlos. Por ello este episodio nacional galdosiano, no es lo que parece.

Tengo muchas preguntas (y cada día que pasa urdo más), y todas sin respuestas ¿o quizás sí?

¿Qué hacía el acorazado en La Habana? De 26 oficiales de tripulación ¿Por qué sólo estaban dos en el barco? No pudo ser una mina como pretendían los estadounidenses, ya que no se vio ninguna columna de agua. Los pañoles estaban estallados hacia el exterior y tampoco había peces muertos en el puerto, normal en explosiones externas.

Por tanto ¿Cuál fue la causa de tal desgracia? ¿Un descuido? ¿Una imprudencia? ¿La combustión de materias inflamables de a bordo? ¿Un accidente en las dínamos o en el alumbrado eléctrico?

Las respuestas a todos los interrogantes sólo las puede dar una persona, ...

Los Servicios de Inteligencia del Gobierno de Práxedes Mateo Sagasta, informaron de una reunión secreta entre el Presidente de EEUU, William McKinley el Secretario de Estado, John Hay y el Subsecretario Naval, Teddy Roosevelt. Lo curioso de la cumbre era el "secretismo" y la presencia del tercero.

El servicio de espionaje, haciendo un alarde de medios (o medias), desentrañó e interpretó el desarrollo de la conferencia.

El Presidente McKinley le espetó a Roosevelt sobre la situación inestable de la isla de Cuba y la necesidad por parte de EEUU de intervenir sin comprometerse, de una manera opaca ante la opinión internacional, en una salida fructuosa.

-Para ello, deberíamos primero echar a los españoles Presidente, y no creo que la comunidad internacional lo vea con buenos ojos -indicó Roosevelt.

El pequeño bosque de ceibos, decoraba a los tres mandatarios; sus flores rojas brillantes contrastaban con el azul intenso del cielo y una insignificante brisa, movía pausadamente las hojas lanceadas, verdes por el haz y grises por el envés.

También los personajes tenían dos caras. El Secretario de Estado no había parado de zascandilear; era una persona inquieta y ante la incipiente objeción del Subsecretario Naval, miró al Presidente y comentó:

-Escucha Teddy, esto que vas a oír, negaré de su existencia y por supuesto nadie deberá saberlo. Tu país y tu Presidente te lo piden.

Roosevelt prestó la máxima atención y John Hay continuó: En estos momentos un grupo de hacendados criollos de Cuba se están enfrentando en una guerra de independencia al gobierno español. Para intentar mitigar esa acción, su presidente, un tal Sagasta, les va a conceder autonomía mediante una Constitución con facultades de gobierno, a excepción de política internacional y defensa militar.

Por tanto, debemos aprovechar la situación de revolución, para echar a los españoles, pero sin aparecer en escena.

No nos interesa presencia militar extranjera en Cuba, esa isla es crucial para los intereses de EEUU. Con ella defendemos la entrada estratégica al Golfo de México y el estrecho de Florida; y sobre todo por un segundo motivo más importante.

John Hay volvió a mirar a McKinley para obtener su asentimiento y prosiguió: "Estamos desarrollando un gran proyecto que viene desde 1846, cuando erigimos el ferrocarril del istmo. Una vez arruinados los hípidos franceses, van a abandonar la construcción del canal interoceánico. Gracias a nuestro proselitismo, estamos a punto de eliminar a los flemáticos ingleses, por lo tanto, nosotros terminaremos el canal. Lo controlaremos económica, política y por supuesto militarmente. En las Antillas y el Caribe ondeará una única bandera ¡la nuestra!

Prepara un plan de acción. Nosotros no queremos conocerlo. La responsabilidad de lo que hagas será tuya, pero el resultado debe ser el viaje de regreso de Cristóbal Colón al puerto de Palos."

El servicio de espionaje español descubrió la reunión y su contenido, pero no el proyecto de Roosevelt. Estaban convencidos, por el cargo que desempeñaba, que sería la fuerza naval la encargada de "limpiar" la isla. Por ello, los dos mejores espías españoles latentes en EEUU, suplantaron a sendos marineros del **Maine y Saint Paul**, los más destacados acorazados fondeados en Jacksonville; el puerto estratégicamente mejor situado ante Cuba.

El **Saint Paul**, una vez en alta mar, viró a babor dirección Nueva York; siendo el **Maine** quien orientó la proa a estribor, encauzándose al Golfo de México.

Nit Ram Towers, ayudante de calderas, fue el último miembro de la tripulación que se incorporó al **Maine**; debido a un desdichado "accidente" sufrido por el marino que sustituyó.

En realidad su verdadero nombre ha sido velado por la historia. De padre español y madre inglesa, vivió subyacente durante una década, en diferentes ciudades norteamericanas, hasta el desenlace de esta misión secreta, no descrita por el momento, en los anales de la historia.

Durante las primeras millas de la travesía, los esfuerzos para evitar rejitar fueron hercúleos, pero no podía ponerse en evidencia: "un marinero no vomita".

Su ocupación era alimentar las calderas desde las carboneras, justo en el corazón del acorazado; pero su misión consistía en desentrañar y abortar la misión del crucero protegido de segunda clase.

El acorazado construido en 1895 en Nueva York desplazaba 6.682 toneladas y alcanzaba una velocidad de 17 nudos. Su armamento consistía en cuatro cañones de 10", seis de 6", siete de 6 libras, ocho de tiro rápido, cuatro lanzatorpedos y cuatro ametralladoras Gatlings.

Su capitán Charles D. Sigsbee se encontraba en la cámara del comandante, junto a cinco oficiales de máxima confianza, designados expresamente por Roosevelt, para exponer las primeras consignas de la encomienda.

Nit R. Towers accedió desde el cuarto de calderas por los ventiladores, a la camareta de guardias marinas y de allí por los conductos de aireación rumbo a popa, se colocó sobre la cámara del comandante.

-Señores, -comenzó Sigsbee- los presentes somos los elegidos por nuestro Subsecretario Naval, para desarrollar esta misión. Ni que decir tiene, que es secreta. Nadie, y cuando digo nadie es nadie, debe conocer ningún detalle de la misma. De momento, las órdenes, son poner rumbo a La Habana y arribar en el centro de su bahía, sin pedir el correspondiente permiso a España.

-Eso es contrario a las prácticas diplomáticas, mi capitán -expresó uno de los asistentes-.

-Querido oficial, este viaje no es para hacer amigos -respondió Sigsbee-. El resto de la misión nos la darán a conocer en la isla. ¡Buen viaje!

El 25 de enero de 1898 el acorazado alcanzó la bahía de La Habana, dejando a estribor la Batería de San Salvador de la Punta y a babor el castillo de los Tres Reyes Magos del Morro, justo en el arrecife; ambos con piezas de artillería en sus muros que permiten la defensa de la rada.

El vacuo puerto con yolas y barcolongos, se encontraba desprotegido de fuerza naval. La ofensa americana fue replicada -por Sagasta-, con idéntica acción en el puerto de Nueva York, por medio del crucero **Vizcaya**.

El primer día de asueto, Nit visitó La Habana haciendo un seguimiento a distancia del único oficial de los cinco del camarote, que pisó tierra.

La revista a la ciudad comenzó turísticamente en la Plaza de la Catedral, para adentrarse en La Habana más intimista. Calles estrechas, donde apenas puede circular un carromato, casas de puntal alto de bijaguara, sin espacios entre sí, con cortinas de abacá carentes de intimidad.

El yanqui, de origen cubano, penetró en un cutre bohío y dio su contraseña: "*albacora*" (bonito). Recibiendo la respuesta del criollo: "*bembón*" (hocicudo).

Mientras tanto, Nit desde el patio contiguo pretendía oír y ver a los inquilinos colindantes.

Una vez identificados, "indiano" y "gringo", descorrieron una pared de madera dejando al descubierto un telégrafo de aguja Wheatstone. Comenzaron a comunicar por el cable y a los pocos minutos el traqueteo de respuesta era un hecho. El americano, de nuevo vía cable, pidió conformidad a lo recibido y una vez tuvo la aquiescencia, sonrió al criollo y mientras le decía, "you are bembón", le degolló con un estilete.

Nit no pudo contener el espasmo que su cuerpo sufrió a causa de tan inesperado hecho. Junto a la contracción del cuerpo, su mano derecha cubrió el cuello y la izquierda sus partes. Retrocedió intuitivamente rompiendo un tiesto. El ruido atrajo al oficial al patio, que para cuando se trasladó a el, Nit ya transitaba por la calle Portobelo tarareando un changüí.

Los mismos miembros que la vez anterior, se encontraban reunidos en la cámara del comandante. Nit de nuevo en los conductos de ventilación prestaba oídos, en la certeza de que en esa oportunidad descubriría la misión del **Maine**.

El yanqui cubano, relató que la misión había sido limpia (¿?) y no había testigos del dossier recibido.

-El informe consta de dos partes, ambas de máxima importancia y honda preocupación. Sobre todo la primera. señores, tenemos un espía a bordo -indicó Sigsbee.

El corazón de Nit, entre la incómoda postura del cubículo y la aceleración de su ritmo, daba la sensación de salírsele por la boca. Los oficiales presentes, consternados se miraron atónitos unos a otros. Nit se preguntaba ¿Cómo demonios podían saberlo?

El capitán prosiguió:

-En nuestro buque hermano **Saint Paul**, se detectó un saboteador español, cuando en las mismas aguas de Nueva York fondeaba enfrente el crucero **Vizcaya**. No se pudo obtener más información porque falleció lanzándose al agua. Pero entre sus enseres se encontraron documentos delatadores y al comprobar su identidad, esta resultó ser falsa.

En nuestro próximo contacto por cable, remitiremos los nombres de todos los marineros y oficiales, para que sean comprobados uno a uno. Si ambos partimos el mismo día y del mismo puerto, no debemos dejar de pensar, que tenemos un espía entre nosotros. Por ello máxima cautela y expectación.

El semblante serio y cadavérico de Nit, enriquecía y completaba el cuadro, con las caras de sospecha y aprensión de los oficiales.

-Y ahora pasemos al segundo punto -continuó el capitán-. La misión del **Maine**: la isla tiene una población aproximada de 950.000 almas, pero la guarnición española la componen escasamente ocho mil soldados, mal equipados y sin preparación. Los propios criollos revolucionarios se ocuparan de ellos; nuestra única misión va a consistir en bucear.

-¡bucear! -repitieron los oficiales al unísono.

-¡En efecto! -contestó el capitán- Señores, las órdenes son pasar desapercibidos pero actuando. Y eso, es lo que vamos a hacer.

Existen dos cables submarinos a través de los cuales la isla se comunica con el exterior. Ambos pertenecen a sendas compañías británicas, que no han querido acceder a nuestra demanda y por tanto lo vamos hacer nosotros. Cortaremos los cables y dejaremos la isla incomunicada; la tropa aislada, sin pertrechos y sin posibilidades de amparo, caerá en cuestión de días. Se liberará Cuba, el nuevo gobierno será fiel aliado de Estados Unidos y a los ojos de la comunidad internacional, nosotros no habremos intervenido en el conflicto.

-¿Cuándo nos sumergimos, mi capitán? -preguntó un oficial.

-La fecha la decidiré en su momento, y efectivamente usted se sumergirá junto con el oficial Walker, ambos están aquí por su especialidad y destreza con la escafandra.

El 15 de febrero de 1898 el general Manuel Macías Casado, para manifestar a los americanos la cortesía española, invitó al capitán Sigsbee y sus oficiales a una cena de gala en su residencia: el castillo de la Real Fuerza. El general salió al puente levadizo del foso, a recibir a los invitados. Una vez acabados los saludos de rigor y paseando hacia las dependencias, el capitán del **Maine** preguntó al general.

-¿Qué es esa figura que corona la torre?

-Es la Giraldilla -le respondió el militar español-, representa a Doña Inés de Bobadilla esperando a su marido, el explorador Hernando de Soto, que partió hacia Florida en busca de la "fuente de la juventud", y murió en manos de los indígenas.

-¡No se puede invadir Estados Unidos! -dijo riéndose sarcásticamente, Sigsbee.

-Perdone capitán, he dicho indígenas, no colonos -contestó el general, haciendo desaparecer secamente la sonrisa del capitán.

Mientras el capitán y los oficiales americanos, junto a los altos grados españoles, disfrutaban de un concierto de soprano, clarinete y piano, interpretando "Der hirt auf dem Felsen" de Schubert, en el que el arpegio con las alternancias de clarinete y soprano creaban un clima armónico de concordia, Nit se encontraba apoyado en la barandilla de proa, debajo del pescante del ancla, sin poder dormir contemplando el malecón.

Una barca con dos oficiales regresó al acorazado. Uno de ellos lo identificó Nit como Walker. Siguió sus pasos y se dirigieron a los dormitorios de marinería. Tomaron cinco marineros y alcanzaron la camareta de guardias marinas. Sacaron de un armario metálico los aparejos, tubos y complementos de dos escafandras.

Nit se hizo cargo de la situación: ¡es la hora!, pero ¿Qué hago? ¿Rompo los trinquetes, la mesana, el palo mayor? ¡¿Que demonios hago?!

En esa indecisión se encontraba en el pasillo enfrente de la camareta, cuando de espaldas Walker le preguntó:"Do you help me?" y él intuitivamente respondió: "Sí". Se volvió Nit, dándose cuenta de su error, y vio la cara de asombro del gringo, éste rápidamente reaccionó y se lanzó tras él. Nit corrió hacia las calderas de proa y justo en las carboneras fue alcanzado por Walker, que se lanzó sobre las piernas bloqueando al espía y derribándolo sobre el negro carbón. La intensidad de la lucha era la medida del odio mutuo. Los puños intentaban alcanzar siempre los puntos vitales. La conflagración con el tiempo perdía intensidad, pero iba ganando terreno, y poco a poco, ambos púgiles dirigían la reyerta a la sala de las bombas hidráulicas.

A pesar de que el barco estaba anclado, las calderas se mantenían activas para tener en todo momento suficiente presión de vapor y poder zarpar de inmediato.

La ventaja de Nit era el conocimiento exacto del entorno de la contienda. Pero el gringo con llave inglesa enorme en mano, no paraba de sacudir a diestro y siniestro; en uno de los envites de la lid, Nit agachó la cabeza y Walker rompió el manómetro regulador de la presión del vapor de la caldera principal; produciendo un chorro directo a su cara y pecho. Los gritos eran horrorosos, se retorcía como papel quemado. Solo duró unos segundos y murió.

Nit se incorporó, logró cerrar la válvula y comenzó a preocuparse. No había regulador de presión. ¡Lo había roto el gringo! Las calderas seguían almacenando vapor y sin la válvula reguladora ¡¡explotarían!!

Efectivamente Nit tenía razón, aquello comenzaba a vibrar, algunos tornillos saltaban por el aire, era cuestión de minutos o quizás segundos.

Eran las nueve cuarenta de la noche, cuando la caldera principal no podía acumular más vapor y estalló. Rodeada de pañoles de municiones y torpedos, todo explotó por simpatía. La detonación fue caótica y mortal, singularmente en proa. Justo encima del centro de la explosión se encontraban los dormitorios de marinería que no tuvieron tiempo a reaccionar.

Los cristales del castillo de la Real Fuerza cimbrearon a la vez que los intérpretes de Schubert enmudecieron.

....pues efectivamente, esa persona, nuestro espía, nuestro héroe, sigue vivo. Como posteriormente me relató, pudo saltar al agua, evitar la explosión y alcanzar la orilla. Evitó nuestra incomunicación, pero no la guerra.

No pude condecorarle, pero sí hice algo por él. Reglamenté el tránsito del ferrocarril por su pueblo, a pesar de las dificultades orográficas, ¡por cierto!, tienen un acueducto romano sobre el Ebro, y le llaman "Puente Moros" ¡qué contradicción!

No quisiera pasar a la historia (presiento que estoy cerca), como Sagasta el del desastre o el de las caricaturas con tupé, imputándome incompetencia en un caso o incoherencia política en otro.

No he sido tan inflexible como mi admirado Baldomero (q.e.p.d.), sino que me he adaptado a la coyuntura social. De discursos encendidos con violencia verbal, he pasado a conspirar una revolución (que me costó una condena a muerte). De apoyar a D. Amadeo I, a resignarme a la restauración Borbónica; todo ello teniendo como referente el liberalismo.

En resumen: con el liberalismo he representado a una de las dos Españas, siendo Cánovas con los conservadores, la otra. ¡Siempre las dos Españas!

No debemos confundir liberalismo, libertad y libertinaje. El liberalismo es el ejercicio de la libertad. El libertinaje no existe, es la excusa de los tradicionalismos para no permitirnos la libertad.

Quisiera concluir esta crónica con una frase que resumiera mi pensamiento:

<u>El liberalismo es el alma de la especie humana.</u>

Madrid a veintidós de diciembre de mil novecientos dos.

Práxedes Mateo Sagasta

Esqueletos confidentes

Introducción

Nos volvemos a encontrar con el comisario del juzgado D. León Martínez y su juvenil ayudante.

Mientras la ciudad amanece cubierta de una ligera niebla, una choza, en la orilla del Ebro, en los arrabales de Logroño está siendo consumida por las llamas. Dos esqueletos alimentan el fuego…

La intuición del comisario y sus sospechas sobre la anormalidad del suceso, le hace enfrentarse a las fuerzas del orden público. Comienza una azarosa investigación, insistiendo en lo insólito y en lo ilógico. Las dudas son muchas, las evidencias pocas. Hay que resolver el ¿Quién? ¿Cómo? y ¿Por qué?

Pero fundamentalmente es necesario descubrir la verdadera identidad de los cuerpos. Quizás lo más difícil.

El comisario maneja y conoce bien a la sociedad de la capital de provincia de finales del siglo diecinueve y su ayudante, narrador del suceso, colabora acertadamente.

Paso a paso descifrarán el enigma. Pero a medida que avancen en la investigación les conmocionarán sus propios descubrimientos.

Esqueletos confidentes

En los albores del día, mientras la ciudad despertaba y los diferentes gremios de guarnicioneros, herreros, ministrantes, zapateros, hojalateros, mozos de carro, de cuadra...etc., acudían a sus respectivas labores; el alguacil y un servidor partíamos del Gobierno Civil, en los arrabales de Logroño, frente al Muro de la Penitencia, instigando a las mulas para incrementar su trote.

Era de suma urgencia e importancia llegar al punto del suceso. Las acémilas trotaban entre la densa niebla proveniente del Ebro; circundábamos la capital a través del Muro de San Blas, para evitar los vericuetos de las calles del casco urbano.

Una vez en la calle Abades, descabalgué y accedí al Mercado de Abastos. Junto al Regidor de Abastos -cuya misión era fijar diariamente los precios- estaba mi destinatario, Don León Martínez. Platicaban amigablemente, como todos los lunes, de la función disfrutada la noche anterior. Ambos eran habituales de diferentes locales y competían por describir las respectivas comedias vistas. El de Abastos, asiduo del café *El Siglo* en la calle Mercaderes, había sido espectador de la comedia: *Las angustias de un procurador*; mientras que su amigo, y a la sazón mi jefe, parroquiano de *El Universal,* en el Muro del Carmen, había alegrado el espíritu y la vista con el enredo: *No hay humo sin fuego,* protagonizada por la explosiva Miss Elvira Agustini.

Nunca peor, hablando de humo y fuego, que el motivo de mí presencia. Enterado Don León del acontecimiento, abandonó inmediatamente el mercado. Montó en mi mula y a la vez que cabalgaba junto al alguacil gritó: "Te espero allí en diez minutos, zagal".

León Martínez, natural de Alcanadre en la Rioja Baja, nació, según él, durante la guerra de los franceses. Embarcó para Perú muy joven y allí luchó contra los insurgentes criollos, a las órdenes del Virrey De la Serna, y en algunas ocasiones del General Espartero, en aquel entonces Brigadier. Con la vergüenza de Ayacucho dejó la milicia para dedicarse a la policía judicial: robos, asesinatos, reyertas, etc. En una ciudad provinciana como esta, no suele alterarse demasiado el quehacer diario.

Don León, como tenía que llamarle, ataviaba levita gris ceñida al cuerpo, pantalones y chaleco del mismo color, con camisa blanca de cuello redondo. En las mañanas frescas o días de invierno, se abrigaba con una gran capa negra, alternándola con un gabán del mismo color.

Como complementos, una gran boina negra tapándole la frente e inclinada hacia la derecha (no era una prenda habitual de uso y las pocas que se apreciaban lo eran de menor tamaño), y un bastón-sable con puño y contera metálicos.

Hombre sencillo, pulcro y con cierto aire de elegancia. Tuvo escarceos amorosos en ambos continentes. No se casó y una de sus frases favoritas era: "el jardín florido del amor, se llena de ortigas en el matrimonio".

Era el comisario del Juzgado Municipal. Su carácter serio y fuerte, infundía respeto. Nunca tomaba notas, pero retenía hasta el más mínimo detalle. Era artero, aquello que al resto de los humanos nos pasaba inadvertido, él lo sintetizaba y lo relacionaba con el lugar de los hechos y las circunstancias del caso. Para sus investigaciones alternaba su intuición, con las más modernas técnicas a su alcance.

Con el mismo respeto que me demandaba al tratarle, él siempre me correspondió. Era un buen hombre.

Un servidor, de nombre Martín (y de apodo universal martinillo), hijo de emigrantes y tercero de cinco hijos, laboraba como aprendiz de escribano en el Juzgado Municipal. Mi meta era iniciarme en mozo de estrados, para optar a la plaza de actuario. Pero como todo cielo tiene su purgatorio, pasé a ser la sombra del comisario León. Tomaba notas y redactaba los informes y certificados de sus actuaciones y así iba familiarizándome con la instrucción judicial.

El estar al corriente de los más significativos sucesos de Logroño y sobre todo, mi afición a la escritura, hizo que colaborara como redactor en el diario *El zurrón del pobre*. Su nombre representaba el ideario filantrópico del periódico: el zurrón es el único equipaje del pobre.

Lo imprimíamos en la librería de los Hnos. Arbizu, en Portales núm. 51 y la redacción la teníamos en la calle Compañía núm. 12. El precio era de cuatro maravedíes con una tirada de setecientos ejemplares.

He aprovechado mi dilatada experiencia con el comisario, para narrarles a ustedes, éste y otros casos en los que intervinimos en la década de los setenta del siglo XIX.

Tenía diez minutos para llegar al evento, mis dieciséis años avalaban agilidad y rapidez. Corría entre la espesa niebla sin advertir charcos, piedras y *carajones*. Crucé por el Muro del Siete al de las Carmelitas, dejé el Coso a la izquierda y en las huertas, detrás de la fábrica de gas próximo a la orilla del Ebro, estaba el siniestro.

Varios labriegos, la guardia civil, el comisario y su alguacil, contemplaban con pañuelos en la nariz, los restos de la chabola todavía incandescentes.

En el centro de la misma, sobre un muelle, dos esqueletos humeantes, desnudos de su revestimiento natural, que por obra y desgracia del fuego había sido consumido. Las dos calaveras, con las órbitas oculares vacías, mirando al cielo con las bocas abiertas; representaban un cuadro sobrecogedor y dantesco.

Detrás de mi llegó el carro fúnebre a recoger los restos de las víctimas, que los guardias civiles se disponían a retirar. Cuando en ese preciso instante:

-Aquí no se toca nada señores –dijo enérgicamente el comisario-. Martinillo, tú y el alguacil despejad los alrededores. Que nadie toque ni haga nada. ¡Esto es la escena de dos crímenes! –sentenció.

La benemérita le argumentó que el fuego se originó probablemente por el brasero. Ya que el foco principal partía del muelle de la cama, donde estaban los cuerpos. Por lo que no debía verter tan graves acusaciones.

-Mi convencimiento no es gratuito. Y mi argumentación se basa en evidencias que están ante vuestros ignorantes ojos –replicó mi jefe-. Si el fuego se produjo en el interior, ¿Porqué el marco exterior de la puerta está consumido y su cara interior solo ahumada? Lo lógico sería al revés. Esta estructura de madera quemada nos indica que el recorrido del fuego ha sido del exterior al interior. Con otro foco en el colchón de la cama. ¿Que ser humano se acuesta en un colchón de *capotas* y pone un brasero debajo? Señores, no hay duda. Esto es intencionado. El fuego ha ido de fuera hacia adentro, y para cerciorarse de que los cuerpos sobre la cama ardieran, han colocado materiales combustibles debajo de la misma. ¡Zagal –dirigiéndose a mí, con toda la naturalidad del mundo-, mete en dos sacos los esqueletos! ¡Pero con mucho cuidado! Nos los llevamos.

Las premisas las atendí con interés, pero la última parte me dejó inmovilizado. ¿Tenía que coger los huesos y meterlos en sacos? ¡No me lo podía creer! Con los ojos buscaba confirmación al mensaje, hasta que un *tortazo* del alguacil me despertó de mi abstracción y me sentó en la realidad.

-¡Vamos que te echo una mano! –me indicó.

Se le conocía como *León el breve*, por lo efectivo y rápido que era en la solución de los casos que trabajaba. A la vista de las incógnitas y dificultades del evento que nos ocupaba, mi premonición era que la solución al incidente tardaría más de lo acostumbrado.

Thomas Dwight escribió el primer ensayo de antropología forense de la historia y nosotros, mejor dicho, mi superior lo utilizó en este caso como libro de cabecera.

Una vez examinados los restos de la chabola, sin encontrar más indicios que los relatados, lo único que nos quedaba, eran los esqueletos de dos personas desconocidas; que para mí no dejaban de ser, más que un montón de ennegrecidos huesos repelentes.

-Limón.

-¿Qué ha dicho? —le pregunté extrañado a Don León.

-Limón, es la solución a la charada que editó ayer tu periodicucho: *"Dos sílabas tiene el todo, podrás cogerlo en Valencia. Si le borras la primera, verás que tiene excelencia."* ¿Cuál es la de hoy? —me preguntó.

-La de hoy es dificilísima, no logro adivinarla.

-Como siempre. ¡Anda recítamela!

-*"Instrumento forman de óptica, la primera y la segunda. Y con la segunda y la tercera, mas bien tu casa cubras."*

Teníamos un cúmulo enorme de incógnitas sin resolver y de preguntas sin respuestas, y no se le ocurre otra ingeniosidad, que solucionar charadas. La verdad es que era un juego diario que ambos teníamos para ver quién descifraba antes el vocablo.

En la sala, las cuatro paredes lisas con una gran mesa en medio. Y sobre la misma, un puzzle de huesos de dos esqueletos de diferente tamaño, que Don León consultando su libro, iba reconstruyendo. Con una faca eliminaba ciertas impurezas. Y cuando surgía la duda, entre hueso o piedra, lo tocaba con la lengua. Ya que decía que el hueso se pega a la misma, debido a su naturaleza porosa y la piedra no.

-El esqueleto es un diccionario, donde tenemos todas las acepciones de su paso por la vida. Lo único que tenemos que hacer es leerlas. Los huesos nos cuentan sus secretos, sus confidencias. Nos dicen la edad, el sexo, la forma en que murieron o fueron asesinados e incluso, en ocasiones, quién ha sido el asesino. En efecto Martinillo, ¡los muertos también hablan!

Hablar, debían de hablar, porque a mí no paraban de decirme: ¡corre...corre... vete...!

-Por las dentaduras y las uniones de las vértebras se trata de una persona de entre veinte y treinta años y la otra, una criatura de unos diez, seguramente su retoño. Ambas son hembras, según la abertura de la pelvis. Sobre todo la mayor, que ha sido madre. Los partos quedan grabados en la superficie de la pelvis, en forma de cicatriz, como esta de ahí –me indicaba todo serio, mientras yo hacía esfuerzos para no vomitar-. Son como las muescas en la culata de un revólver.

En pleno análisis antropológico, irrumpió en la habitación mosén Orestes Gil, coadjutor en la iglesia de Santa María de Palacio, que sin dar los "buenos días", arremetió contra nuestras almas, con el más fiero de los sermones que haya explayado en los púlpitos un cura y además… sordo.

-¡Alto Mefistófeles! Sois como Belcebú. Os comportáis como luciferes. No mostráis ningún respeto por los muertos, por los hijos de Dios. Estas dos criaturas divinas, deben descansar en paz y para ello debemos rezar el réquiem y como verdaderos cristianos enterrarlos en el camposanto. Y no exponerlos aquí sobre una mesa. ¡Esto no deja de ser un sacrilegio! Padre nuestro que……

Don León, que era económico en palabras, permitió que concluyera la oración y le rebatió escuetamente.

-En una ocasión Jesucristo dijo: *Al Cesar lo que es del Cesar y a Dios lo que es de Dios*. Así que mosén Orestes ¡adiós! –levantando la voz por la sordera del clérigo.

El sagaz comisario, había descubierto la edad, el sexo y seguramente el parentesco: madre e hija. Pero ¿Quienes eran? ¿Por qué vivían allí? ¿Las habían asesinado? ¿Por qué? ¿Quién?.... Se me ocurrían infinidad de cuestiones, pero centrándome en lo sencillo ¿Quién puede querer asesinar a unas pobres mujeres, *pobres de solemnidad,* que malviven en una choza?

Los esqueletos no nos dijeron sus nombres; así que esa tarea me fue encomendada por el comisario, mientras él proseguía con los huesos de las damas.

Interrogué a todos los propietarios de las huertas de la zona, a vecinos del Coso, a operarios de la fábrica de gas, pescadores, etc. Sabían de su existencia, las veían entrar y salir, pero eran unas perfectas desconocidas. Nadie había visto nada anormal, nada raro. Ninguna persona había sido vista por los alrededores. La choza se había incendiado espontáneamente. ¿Tendrían razón los guardias civiles?

"El rico come, el pobre se alimenta", recitaba Quevedo. Las pobres de esta chabola, ni alimentarse, más bien: sobrevivir. Por ello decidí, después de una investigación infructuosa en la *Casa de la Misericordia,*

acceder a las comunicaciones quincenales del registro de la *Sociedad de Socorros Mutuos comprensiva a todas las clases,* que el Asistente Mayor accedió a enseñarme por nuestra condición de órgano oficial (*El Zurrón del pobre*).

La Sociedad de Socorros Mutuos, era una sociedad filantrópica y humanitaria en beneficio del enfermo. Se nutría de socios con una cuota mensual de tres reales. Encauzando las atenciones médicas y ayudas, a los propios socios y a la caridad.

Pude comprobar en el registro, que en los últimos quince días, Pilar Madurga Garcetas y su hija Valvanera, de nueve años, habían sido atendidas varias veces de *saburra gástrica intermitente*. Y también descubrí que…

¿Serían esa madre e hija las del incendio? No lo sabía, pero era la única pista, hasta el momento, que disponía de su posible identidad. Debía localizarlas, bien para descartarlas o para poner nombres y apellidos a los dos esqueletos.

Los datos encontrados en el registro de Socorros Mutuos, indicaban que Pilar era natural de Varea. Así que, a la hora del *tomapán*, acompañado del alguacil del juzgado, llegamos a la Fombera –finca agrícola que el general liberal, Don Baldomero Espartero poseía cerca de Varea-. Agustín Madurga, sentado sobre el *tapabocas*, exprimía el odre, con el líquido del dios Baco introduciéndose por su gaznate. Era uno de los labriegos a jornal que cultivaban la finca. Las indagaciones previas en la localidad, nos llevaron a él como único Madurga.

-¡Buenos días! Me han dicho que usted se apellida Madurga.

-Si, me llamo Agustín Madurga ¿Pasa algo... o qué? –me contestó de mala gana y con el entrecejo fruncido.

-Quisiera saber, si tiene usted una hija que se llama Pilar... y de ser así, su domicilio.

-¡Mira mocoso! –su arrebato inicial lo retuvo al percatarse del alguacil-¡Si! tenía una hija que se llamaba Pilar. ¿Quiénes sois vosotros?

-Somos del Juzgado y nos envía el comisario Don León Martínez. ¿Por qué dice que tenía una hija? ¿Acaso no vive? –le pregunté intrigado.

-No, para mí murió hace mucho tiempo.

-Disculpe, pero ella y una niña de nueve años, fueron atendidas hace una semana en la Sociedad de Socorros Mutuos –insistí.

-Esa no era mi hija –contestó con mucho dolor.

-Perdone que vuelva sobre el tema Don Agustín. Esa señora se llamaba Pilar Madurga tenía veintitantos años y era de Varea. En el registro de la Iglesia, que hemos comprobado el alguacil y un servidor, hay una partida de nacimiento de una tal Pilar Madurga y usted es el padre. ¡Me quiere decir donde vive su hija!

-Veintiocho.

-¿Qué ha dicho?

-Veintiocho años son los que tiene mi hija. La perdí, el día que se quedó preñada siendo soltera –con una grave emoción contenida, comenzó a declarar-, mancilló nuestro nombre y a nuestra familia. La despachamos de casa. Causó tal deshonra, que a su madre le daba vergüenza salir a la calle... Hasta que cayó enferma... y al poco tiempo murió. Nos quedamos solos, mi hijo Francisco de doce años y yo. Sin madre y sin mujer… No vino ni al entierro de su santa madre. ¡Mi niña! ¡Mi hija! ¡Mi Pilarica!... se convirtió en un demonio, en una bruja. Para mi murió hace años… Dicen que vive en una chabola cerca del Ebro…

Habíamos dado con la identidad de los esqueletos. Ahora quedaba lo más difícil. Dilucidar si realmente habían sido asesinadas, y en caso positivo: ¿Cómo? , ¿Por qué? y sobre todo ¿Quién?

El alguacil acompañó al desgraciado padre, al juzgado para que lo interrogara Don León. Me quedé curioseando con el capataz y los jornaleros de la Fombera.

Con la sabrosa información obtenida, cabalgué de vuelta a Logroño. Entré por Madre de Dios, crucé la Plaza de San Francisco, El Coso y el Muro del Pósito. Las mujeres subían del lavadero, en la solana del *Ebro chico*, con el caldero lleno de ropa en el cajón de madera sobre sus cabezas y haciendo las veces de almohadilla: el delantal enroscado. Proseguí por calle Mayor arriba, hasta desembocar en el Muro de la Penitencia, donde estaban ubicados el Gobierno Civil y el Juzgado. Todavía se encontraba mi jefe con el desdichado y abatido padre, cuando les interrumpí y llamé aparte al comisario.

-Don León, ya le habrá dicho el alguacil, que esos esqueletos son los de Pilar Madurga y su hija Valvanera.

-Si, ya me ha puesto al corriente. Era la hija y la nieta de ese desgraciado, que malvivían en la chabola.

-¡En efecto! Pero he descubierto más. Según me ha comentado el capataz de la finca, la hora de comenzar la jornada son las seis de la mañana. Don Agustín ha sido siempre puntual, excepto hoy, que ha aparecido sobre las siete. Usted ha indicado, que el fuego ha sido causado, por el estado en que lo encontramos, aproximadamente sobre las seis.

-¡Así es! –asintió Don León.

-Pero aún hay más. Se ha presentado en el tajo tarde, sudoroso, con las botas y los bajos de los pantalones húmedos de la escarcha y manchados de barro…Para llegar a la Fombera de Varea, lo habitual es entrar por el camino del río Iregua, tal y como lo hace diariamente, excepto esta mañana, que ha aparecido por el camino del río Lomo.

-Como si viniera de Madre de Dios y de la fábrica de gas, es decir, de la chabola. ¡Buen trabajo Martinillo!

El comisario no bebía otro vino que el de su amigo Don Luciano Murrieta; elaborado en la bodega de su casa en Ruavieja. A la sazón vecinos, ya que Don León vivía en la calle Cerrada. Ambas casas eran propiedad del general Espartero, amigo de mi superior y patrono del otro.

Don Luciano y el general, se conocieron en el exilio en Londres. Éste, vino a hacerse cargo de las viñas de Don Baldomero y a mejorar la calidad del vino de Logroño; que por esa época se vendía en tabernuchas adulterado con agua, alcohol y tintes. El vino en esas circunstancias *florecía* rápidamente y terminaba siendo utilizado para hacer mortero en las obras.

"Quien bien bebe, bien duerme, bien piensa y bien trabaja. Y quien bien trabaja, debe beber bien." Era otro de los dichos del comisario. Fuimos los tres: Don León, Don Luciano y un servidor, a la bodega del segundo en Ruavieja, a meternos entre pecho y espalda, un par de huevos fritos con chorizo cada uno, y regarlos –excepto yo- con buen vino, a la vez que nos alegrábamos de haber solucionado, tan rápidamente el caso. Yo era el más exultante: Era evidente, Don Agustín tenía motivos. Su hija les deshonró, fue la causa de la muerte de su madre y ni siquiera fue al entierro. Además, las pruebas eran irrefutables: tenía las cejas quemadas, las uñas manchadas de hollín, había ido tarde a trabajar y por diferente camino. Al final no le quedaría otra salida, que admitir su actuación en los hechos y reconocer su culpabilidad como autor de haber prendido fuego a la choza ¡Lo teníamos!

Después de acabar con mi disertación, me miró Don León y pausadamente me preguntó:

-Si tu te estás quemando ¿Te quedarías quieto en la cama? ¿Hasta qué punto un padre daría de arder a su hija y a su nieta bastarda?

Después del almuerzo, estuvo el comisario con el hijo del detenido, Francisco Madurga, que trabajaba de oficial curtidor en la calle del Puente, esquina Muro del Pósito. Por sugerencia del comisario, comprobé la hora de entrada al quehacer del hermano de la víctima, que efectivamente ese día, como todos, comenzó la faena a las cinco y media de la mañana. Primero sacando la cuadra de las caballerías y posteriormente en su labor de oficial curtidor.

A pesar de que las pruebas imputaban a su padre, insistió en que interrogáramos también a Cleto Ubaldo; el novio que tenía su hermana, cuando se quedó embarazada.

Don León fue a interpelar al dependiente de Consumos y Ultramarinos, Cleto Ubaldo:

-Mire comisario, yo quería muchísimo a Pilar, estaba enamorado de ella –decía Cleto, con cierta pena y resignación-, teníamos proyectos, queríamos casarnos, tener hijos… Pero todo cambió.

-¿La dejaste?

-Si.

-Pero…si tanto la querías… –interrogó el comisario.

-¡Estaba embarazada de otro! –contestó con ira y odio en los ojos.

-Y para vengarte de tal afrenta, la has quemado junto al fruto de tu vergüenza. El tiempo borra las penas, pero la muerte las finiquita.

-¡No por Dios!... Reconozco que sufrí muchísimo y que en esos momentos hubiera cometido cualquier locura. Pero ahora no comisario… Hace dos años que me he casado. Tengo un niño de trece meses y soy feliz. Ahora no…

Volvimos Don León y el que suscribe (a regañadientes) con sus esqueletos. "Tiene que estar ahí", decía una y otra vez mirándolos. "Me están diciendo algo y no sé el qué". Se detuvo en el cráneo de la niña, lo tomó entre sus manos, se lo acercó, lo giró y dijo: "Esta niña era sorda, ¡mira Martinillo! este orificio a la altura del oído le impedía oír. Era sorda ¿No lo ves?" Yo le contesté que sí, sin mirar la calavera.

-Es hora de que utilicemos la información que obtuviste en la Sociedad de Socorros Mutuos y en la iglesia de Varea –me dijo Don León -. Dile al alguacil que traiga a mosén Orestes Gil, que como decía Cervantes: *"Desconfía del caballo por detrás, del toro de frente, y de los clérigos, de todos lados".*

A primera hora de la tarde se presentó el alguacil con un cura enfadado y colérico. Si además le sumamos, su gran volumen de voz, no pasaba desapercibido por los pasillos del juzgado. Excepto blasfemias, decía de todo.

-Mosén Orestes, ¿Conocía a una niña llamada Valvanera? –le preguntó el comisario.

-Cuando el rey godo Leovigildo saqueó y ocupó La Rioja, apareció Nuestra Señora de Valvanera, venciendo a los arrianos –contestó mosén-. Es la única Valvanera que conozco.

-¡Déjese de historias! –Secamente y de mal humor, le reprochó el comisario- Valvanera era una niña de nueve años –prosiguió- que, además de tener la desdicha de ser sorda, algún desgraciado le ha prendido fuego junto a su madre. Así que no me venga con tonterías de godos y arrianos.

-¿Y que tengo que ver yo con eso? –preguntó mosén Orestes.

-Mucho, mosén - contestó Don León quedo-. En primer lugar, su interés cristiano en enterrarlas. En segundo lugar, su altruismo desde el puesto de Depositario, en la Sociedad de Socorros Mutuos, al abonar las cuotas de la madre e hija; porque ambas fueron atendidas, no por caridad, sino por socias. Y era evidente que ellas no se podían permitir ese lujo.

En tercer lugar –prosiguió mi jefe-, por que usted ejerció de cura en Varea hace diez años. Y en cuarto y último lugar, la coincidencia de que esa niña tuviera su mismo defecto: sordera en el oído derecho. Por lo tanto, creo que era su hija.

En aquella habitación, de repente, se extendió un gran manto de mutismo. Los dos esqueletos estaban en silencio. Don León acababa de disertar. El alguacil estaba con la boca abierta (como las calaveras). Mosén Orestes con la mirada en el suelo y un servidor no movía ni las pestañas.

-¡Mírelas! Observe lo que queda de ellas. Atrévase a mirarlas –sojuzgó el comisario la cara de mosén, y con sus manos se la orientó hacia los esqueletos-. Ahí tiene a su amante y a su hija ¿Qué me tiene que contar Orestes? –elevando la voz y dirigiéndola a su oído bueno, el izquierdo.

-Pilar…Pilar era una flor silvestre… llena de vida… alegría… juventud…y cariño. Me enamoré de ella, le prometí un futuro, una vida juntos…y caímos en el pecado. Quebranté mi voto de castidad…Le prometo comisario, que intenté abandonar *el curato* y casarme. Pero el Prelado Superior no lo permitió. Me dijeron que sería un escándalo. Que nuestra Iglesia sufriría ignominia y oprobio por culpa de la debilidad de mi carne. El sufrimiento el resto de mi existencia, sería mi penitencia…ella encontraría un hombre y reedificaría su vida. Así que abandoné la parroquia de Varea y me acomodaron de coadjutor. Se cerró una herida en falso. Pilar no perdonó mi cobardía. Les fallé a todos, a la Iglesia, a Pilar y a la niña. Soy un miserable cobarde…no merezco vivir…

-Y para curar la herida del todo, esta mañana sobre las seis, le ha prendido fuego al bohío –afirmó el comisario.

-A las seis de la mañana he comenzado a rezar los maitines con mi párroco de Santa María de Palacio y posteriormente a las siete hemos concelebrado la misa diaria. Yo no he matado a nadie, ya las maté una vez. El único que debiera haber muerto soy yo. Y no lo hago, por mi fe.

No sabía si teníamos algo o estábamos como al principio. Cierto ardor en el estómago, me hacía dudar de si era del chorizo, de los esqueletos o de la situación.

Recapitulando: Estaba Don Agustín preso como máximo sospechoso, con motivos suficientes y pruebas aparentes. Pero al comisario no le satisfacía, algo no encajaba y él siempre quería verlo todo muy, pero que muy claro.

El padre, era el padre. Y un padre tenía que tener muchos, muchísimos motivos, para matar a una hija. El hermano a esas horas estaba trabajando, como así se comprobó. Por tanto no pudo dar de arder a la choza. El novio, actualmente era una persona felizmente casada

¿Para qué complicarse la vida? Además, también se había comprobado que en la madrugada estaba en otro lugar, ¡tampoco pudo ser! El cura, era el más desconcertante. Según se mire, era el que más motivos tenía y a la vez el que menos. El que más oportunidad para prender la chabola y tal vez, el que menos.

Era un círculo, volvíamos a estar en el mismo punto de partida. Había una común coincidencia: el móvil. Todos tenían el mismo móvil: ellas. A todos, de alguna manera, les estorbaban. Su existencia, su sola presencia, les laceraba. A su padre porque le recordaban la deshonra familiar y la muerte de su querida esposa. A su hermano por lo mismo que a su padre. Al ex novio por su engaño y a mosén Orestes por su pusilanimidad. Todos en un momento determinado, las hubiesen matado.

Don León se quedó solo en el cuarto con los esqueletos, el alguacil acompañó a mosén Orestes a la calle y yo salí al banco del pasillo a terminar de leer el *Zurrón del pobre* y a intentar descifrar la charada, antes de ir a la redacción del periódico al atardecer. Ese ejemplar traía una primicia: nuestro amigo Luciano Murrieta había conseguido enviar, por primera vez en la historia, vino de La Rioja a América, sin que por el camino mermaran sus cualidades organolépticas. Cincuenta barricas a la Habana y otras tantas a Veracruz –estas tuvieron la desgracia de naufragar con el barco-. No obstante la charada se me resistía.

-La felicidad es conformarse con lo que uno tiene, después de haber buscado la perfección –dijo Don León a la vez que abría la puerta con la mano derecha, sujetando en la izquierda el libro de Thomas Dwight-. ¡Pasa Martinillo!

Una vez más, tenía que enfrentarme al montón de huesos, ya casi no me desagradaban ¡No…si terminaremos confraternizando!

-Dime de que color son estos huesos –me interpeló el comisario.

Haciendo de tripas, corazón. Me enfrenté a ellos y los miré como un verdadero antropólogo ¡Que barbaridad!

-Pues…yo diría…que…más bien… tirando a negro…ennegrecidos.

-¡Correcto! Ennegrecidos, esa es la palabra exacta –se expresaba entusiasmado Don León.

¿Se encontraría bien el comisario?, me preguntaba. Tantas horas con los esqueletos ¿No le habrían afectado al suyo? Al principio le hablaban, y ahora se interesaba por el color de los huesos quemados. ¿?

-Dile al alguacil –me ordenó-, que llame a Francisco Madurga para que lleve a su padre a casa. Lo soltamos.

-¿Entonces…? ¿No tenemos asesino? ¿Nos quedamos sin sospechoso? –pregunté.

-Tenemos el "Cómo" que es lo más importante, para cazar el "Quién" y nos diga el "Por qué". Por lo tanto, hay que preparar el cebo… y esperar que caiga…la presa.

Se desvanecía el día y volvía la niebla del Ebro. Las calles empezaban a quedarse desiertas. Finalizada la jornada, los criados estabulaban las caballerías. Les soltaban el *cincho*, sacaban la *tarria* para quitarles la *albarda* y posteriormente la *colcha*, generalmente empapada en sudor. Un pesebre lleno de paja y un cazo de cebada, trigo o habas… y hasta el día siguiente.

Apareció el alguacil con Francisco Madurga para recoger a su padre con la esperanza de olvidar cuanto antes aquel desdichado día.

-Quiero que cojas a tu padre y os vayáis a casa…él no ha matado a tu hermana ni a la niña –aseveró el comisario.

-Gracias –contestó compungido Francisco.

-De todas maneras…me gustaría saber como era tu hermana. Cada uno me ha dado una visión diferente. Cuéntame cosas de ella –le sondeó el comisario, queriendo iniciar una conversación.

-Si le digo la verdad, no lo sé, señor comisario. Tenía doce años –pausadamente- cuando sucedió todo…No he tenido hermana…ni madre. Fui huérfano de madre por ella… ¡madre!

-¿Has visto los cadáveres?… es decir, los esqueletos ¿Te los enseño?

-No, gracias. Prefiero no tener ese recuerdo. No soy capaz de…no.

-Debió ser horrible su muerte…-se preguntaba mi jefe.

-Supongo que sí –contestó, parco en palabras el hermano de la víctima.

-Creo que es difícil hacernos la idea de lo que les ocurrió –insistió macabramente, el comisario-. ¿Te imaginas a la niña ardiendo y quemándose viva? ¡Que horrible debió ser para tu hermana! Mientras ella moría y su carne se le caía a trozos, estar contemplando a su querida hija, quemándose y arrugándose a la vez que retorciéndose de dolor. ¡Qué angustia! ¡Qué sufrimiento!

-¡No sufrieron…!

-¿Qué?... ¿Qué has dicho? –preguntó Don León, oyendo lo que esperaba.

-Bueno…que…a lo mejor no sufrieron. Igual… no se dieron cuenta de lo que les pasaba…no sé…

-Eso sólo lo puede saber una persona… ¡Alguacil! Encierra a este asesino y que su padre prosiga en el calabozo por encubridor.

Todo había sucedido demasiado deprisa. Tan deprisa que no me había enterado de casi nada. Bueno, seamos francos, de nada. Pero debía de saber el desenlace y aprovecharlo para la redacción del *Zurrón del pobre* de esa misma noche, a punto de cerrar. Entonces fue cuando mi maestro…

-En este caso he escuchado confidencias de vivos y de muertos, llegando a la conclusión de que éstos últimos mienten menos. Los esqueletos Martinillo, nos lo estaban diciendo. Solo ha sido cuestión de saber escucharlos… En la cremación de un cadáver, a medida que se carboniza el material orgánico, los huesos van cambiando de color. El negro se convierte en gris oscuro, luego en gris, mas tarde en gris claro y finalmente en blanco. ¿Y cual es el color de estos esqueletos?

-Lo que le respondí anteriormente. Yo diría que gris negro –contesté sin observar razonamiento alguno.

-¡Exacto! Gris negro, no blanco. ¿Sabes por qué?

-Ni idea –la verdad que me moría por saberlo.

-Cuando un cuerpo ingiere arsénico, se van depositando diminutos residuos del veneno, en pelo, uñas y huesos. El pelo y las uñas, han desaparecido con el fuego, pero no los huesos. Y el arsénico oxidado, en combustión, ardiendo, se descompone en arsénico metaloide, de un color gris negruzco característico. Es decir, de éste color –indicando los esqueletos.

No sabría decir, si la explicación me aclaraba algo o hacía el caso más farragoso si cabe. Pero por nada del mundo interrumpiría al comisario…

-Esta ingesta de arsénico por las dos damas, explica sus ingresos en la Sociedad de Socorros Mutuos, atendidas por trastornos gástricos. Ambas estaban siendo envenenadas, sin ellas enterarse, con dosis pequeñas y diarias.

-¿Cómo podían estar envenenándose sin saberlo? —decidí interrumpir.

-Muy sencillo. El ácido arsenioso no produce ningún sabor especial y es un polvo fino blanco que en ocasiones se confunde con harina o azúcar. De ahí lo fácil que es para un asesino, mezclarlo con alguno de esos dos condimentos.

-Muy bien comisario, ha descubierto que fueron envenenadas. Pero ¿Qué le hace pensar que ha sido su hermano?

-Él mismo lo ha dicho. No tuvo hermana, y lo que es más grave, no tuvo madre. Se quedó huérfano a los doce años. Y no creo que durante estos diez años, su padre le haya ayudado mucho a quererla. La venganza es un plato que se sirve frío, y aquí padre e hijo, lo han saboreado a gusto. Francisco las ha envenenado con ácido arsenioso, mezclándolo probablemente con azúcar. El arsénico, es un producto que él lo utiliza todos los días para la conservación de pieles y cueros -no olvides que es oficial curtidor-. El veneno fue poco a poco haciendo su función,

degradándoles la salud y paralizando sus miembros hasta que les causó la muerte, siendo la niña, con toda seguridad, la primera en fallecer. Una vez muertas, el padre, de madrugada, las colocó en la cama sobre el colchón de hojas de maíz (*capotas*) favoreciendo la incineración y desde el exterior prendió fuego a la chabola… Lo demás ya lo sabes.

-Entonces él se ha descubierto al reconocer que no sufrieron… ¡Claro! Ya estaban muertas —dije pensativo.

-¡Muy bien! Vas agudizando el ingenio… Por cierto, la solución es…*lenteja*.

Tenochtitlán

(tras los huesos de Hernán Cortés)

"No perseveró España en su petición de los restos de Cortés y nuestro villano deseo de deshacernos de un problema se vino abajo. Hoy hace 454 años que murió el por muchos motivos admirable soldadón y sus despojos mortales todavía no encuentran el descanso adecuado."

El Observador
Nº 334
2-Diciembre-2001

Introducción

El dinamismo histórico se plasma en este relato conjugando simultáneamente la historia precolombina de Tenochtitlán, las memorias de Hernán Cortés, la historia de Méjico en el siglo diecinueve y en la actualidad.

Todo ello ¿para qué? Para descubrir la verdadera ubicación de los restos de Hernán Cortés.

El protagonista debe localizar, y más tarde descifrar, la clave que le llevará tras los huesos de Hernán Cortés. No va a ser una misión fácil. Diferentes fuerzas velarán y lucharán para impedirlo. Combatirán para que el sepulcro del conquistador no vea la luz. Por razones contrarias, los unos y los otros, todos intentarán impedirlo cubriendo la historia con un manto de oscuridad y silencio. ¿Qué hay tras los huesos de Hernán Cortés?

Tenochtitlán

(tras los huesos de Hernán Cortés)

'Pocos días ha, que adolezco de cámaras e indigestión. Estoy tan al cabo, que creen que me muero. Tanto así que pidieronle al emperador Carlos Qvinto, viniera a verme. Accedió a visitarme en mi posada con su gran séquito. Saludéle y el repondióme e después que nos pagamos las respuestas, dile las gracias y díjele: ¡Loado sea el señor! Pésame de daros nuevas de poco gusto. No ha sido visto ni oído, cuando en estas me encuentro emperador; llegó el día de apartarme de la mejor vida que hallo haber pasado, e como mi fama de confeso me persigue, para no desdecir, todo el día gasto en dar gracias a Dios.

Respondióme: ¡Dios os guarde Cortés! No es mucho que tenga buena condición, quien tiene buena ley. Es cosa para creer, que nadie os ve con los cristos delante.

Desta manera acabamos presto, no osé replicar, se fue y ganó la palmatoria.

Postrado en mi lecho, quiero agora dar cuentas de mis determinaciones.............

Tiempo ha de expirar e cuando mi cuerpo se considere convertido en esqueleto, ha de menester y así dispongo: sean trasladados al Monasterio, que he dispuesto construir, llamado Concepción de la Orden de San Francisco en Coyoacán, Méjico."

Llega a ser insólito que un personaje como Hernán Cortés, no disponga de una sepultura o un panteón, acorde a la semblanza de su biografía.

Entre los olvidos de unos (españoles) y el odio de otros (indiófilos) la tumba del descubridor se pierde en 1823…

Es un misterio la desaparición de los restos, así como su localización. Ni después de muerto puede descansar. ¿Por qué desaparece su cuerpo? ¿Existe la tumba de Hernán Cortés? ¿Dónde?

Este enigma, con todas sus incógnitas es el que nos va a hacer viajar… **tras los huesos de Hernán Cortés.**

Fallece el 2 de diciembre de 1547 en Castilleja de la Cuesta, siendo depositado su cuerpo con los Duques de Medina Sidonia.

En 1562, siguiendo las instrucciones de su testamento, pasado por el pudridero, similar al del Panteón Real de El Escorial, fueron sus huesos trasladados a Méjico. Pero al no existir el Monasterio de Coyoacán, se le dio sepultura en la iglesia de San Francisco de Texoco.

En 1629 muere Pedro Cortés, cuarto marqués del Valle y con él se extingue la línea de descendencia masculina. Los huesos de Hernán Cortés son exhumados y trasladados con los de Pedro Cortés y depositados, según narra J.M. Reverte Coma, en una urna forrada de terciopelo que se colocó detrás del Sagrario de la Iglesia de los Franciscanos de Méjico; resguardado por una doble puerta de hierro enrejado, madera y cristal, con la siguiente inscripción:

Ferdinandi Cortés ossa servatur hic famosa.

En 1790 el arquitecto José del Mazo y el escultor Manuel Tolsá, construyen un sepulcro por orden del virrey conde de Revillagigedo.

Dentro se deposita la urna de madera dorada y cristales, con cuatro asas de plata y las armas de Cortés en la cabecera. Dentro de ésta un arca de madera y plomo con su llave que se guardó en la sacristía.

Los huesos del descubridor estaban envueltos en un pañuelo de seda negra y encaje. La calavera, separada, estaba envuelta en un pañuelote cambray –sigue Reverte- con encaje blanco en los bordes.

En 1823 debido a la situación revolucionaria de Méjico, desde el propio Congreso se decide profanar los restos de H. Cortés. Un grupo de exaltados indiófilos pretenden destruir el sepulcro, llevar los huesos a San Lázaro y quemarlos públicamente.

Anticipándose a los hechos, el capellán los trasladó al Hospital de Jesús enterrándolos bajo la tarima.

A partir de ese momento, prosigue Reverte Coma, comienza el misterio. Mientras unas fuentes dicen que los descendientes de Cortés lo llevaron a Italia, otros afirman que nunca salieron de Méjico. Lo cierto es que hoy nadie sabe donde están o si lo saben, lo silencian.

Paradójicamente en 1946, ciento veintitrés años después, en plena reforma del Partido Revolucionario Institucional (PRI), aparecieron los restos en la misma iglesia del Hospital de Jesús.

¿Son los verdaderos restos, del descubridor que nació en Medellín? O fue una maniobra política. No hay más remedio que ir…

El Hospital e Iglesia de Jesús fue fundado en 1524 por el propio Hernán Cortés, conmemorando el lugar donde tuvo el encuentro con Moctezuma II. Es uno de los pocos edificios que conserva parcialmente su estado original.

El estilo colonial impregna la fachada y parte del interior. A primera vista intenté localizar algo majestuoso que me llamara la atención y me diera una pista de donde se podría encontrar la sepultura. ¡Por fin! medio escondida y pidiendo perdón, encontré en un lateral, la urna dorada de cristal y madera.

Me acerqué lentamente, siendo consciente de que iba a ver los restos de uno de los personajes más majestuosos de la historia de España y, porqué no, de Méjico. No sé cuanto tiempo permanecí inmóvil observando y contemplando los huesos de Hernán Cortés, o quizás…no.

A medida que el tiempo trascurría, esa primera impresión, contradecía lo que yo me había preparado del personaje para este viaje. Si analizaba solo tres aspectos genéricos, no encajaban.

Hernán Cortés era de buena estatura y cuerpo proporcionado, y a la vista del fémur de la urna, precisamente el hueso más largo del cuerpo, el dueño del mismo no pasaría de un metro cincuenta centímetros, aún teniendo en cuenta, la reducción de 12-15 centímetros que el cuerpo humano sufre al momificarse. Bien es cierto, que en el S. XVI no tenían las tallas actuales, pero cuando de una persona se dice que es alto y proporcionado, seguro que corresponde a una mayor envergadura que la del dueño de ese fémur. El segundo aspecto curioso, fue el apreciar la dentadura completa sin faltarle ninguna pieza dental. Es de esperar que un hombre en esa época a sus 62 años, le falte algún diente o sobre todo algún molar. Y por último, llamativo eran las perfectas uniones de las articulaciones con el mínimo desgaste de las mismas, a pesar de la edad que tenía en su fallecimiento.

Estos aspectos no dejaban de ser subjetivos. Pero disponía de pruebas fehacientes que demostraban que aquellos huesos no eran los de Cortés…

"Es cosa para creer, que habiendo llegado a mi la noticia, que mi pariente Ovando preparaba expedición a La Española, yo noble pero humilde estudioso de latín e gramática, no pude partir con él, por una aventura de galanteo.

Yendo una noche en hora menguada, una vieja bercera que tuvo muy buen parecer, e las malas lenguas daban en decir que sospechábase no era cristiana vieja. Abrióme la alcoba de su hija. Echábanse a dormir con ella cuantos querían; templaba gustos e careaba placeres. Consumiéronse las horas en un santi e amén, cuando tras la puerta espetó la madre: ¡Voto a Cristo! ¡Marchaos caballero, vuelve el amo!

No fue ni visto ni oído cuando desde la azutea salté y <u>el talón me descalabré</u>. En estas razones estaba quedo, cuando topé con el celoso marido. Di a correr e dio tras de mí. ¡Loado sea el señor! La vieja persuadióle de mi inocencia, no en vano era conqueridora de voluntades y corchete de gustos (alcahueta). Di cantonada y embóqueme por una callejuela…"

"Andaba de escribano en la villa de Azúa (Cuba), cuando se interpuso en mi camino una andaluza de talle y rostro enjuto. En mis cuentas no pagaba el casamiento, pero al final a duelo de espada hubose de finiquitar.

Desta manera se presentó su parte, con sombrero enjerto en guardasol y un coleto de ante debajo de una ropilla suelta. Su estoque recio, entre las faldriqueras.

Después que nos pagamos las respuestas, preguntóme cúya era la espada que llevaba al lado. Respondí que mía. Dijome que los gavilanes habían de ser más largos para reparar los tajos que se forman en las estocadas. Respondí que jamás se hallaba verdad en su boca y que acabásemos presto.

Diome una cuchillada de a palmo, <u>incrustándose hasta el hueso, cerca de un bozo de abajo</u>. Tan así, que ni el barbero, tundidor de mejillas e sastre de barbas, pudome nunca disimularla.

Quedó herido de muerte y dejélo desgañifando blasfemias y oprobios.

Unos meses de carcel y el casamiento con la andaluza Catalina Juarez, fueron los diezmos para recobrar la libertad."

"El gobernador Diego Velázquez, hombre allegado a toda injusticia e de muy mala cepa. Otrora amigo, e agora enemigo, dijome: Pésame de daros nueva de poco gusto, pero la conquista del imperio Azteca, ha menester de esperar.

No osé replicarle. Ni le di cuenta de mis determinaciones. Hube gastado 4.000 ducados, e reclutado 550 hombres con 11 barcos, en resultas: para mí, no hubo menester esperar. Ya sabemos que de la mano a la boca se pierde la sopa…

Al pisar territorio Azteca, e debido a su gran parecido con mi Patria, di cuenta en llamarle Nueva España…

…en los primeros escarceos con los indígenas, <u>rompiéronme el brazo derecho</u>. Hice atarlo a una rodela, monté a caballo e afiancé las riendas con el brazo herido que con la espada en otra mano, me lancé de nuevo al ataque."

"En mi mocedad nunca habíanme bataneado las costillas, pero en Nueva España no han salido mis huesos indemnes.

Transcurría la batalla de Otumba, cuando una piedra de honda, <u>se incrustó en mi frente quebrándome la cabeza</u>.

Salimos triunfadores e como presente diéronme a una indígena, que tomó bautismo con el nombre de doña Marina. Nos sirvió de intérprete e negociadora en multitud de ocasiones, e diome un hijo, llamado Martín.

Las malas lenguas daban en decir que soy: bullicioso, altivo, travieso, amigo de armas, aficionado a juegos de naipes o dados, templado en el beber, devoto, rezador, limosnero, celoso en casa y atrevido en las ajenas.

No seré yo quien niegue las voluntades ajenas, pero mi pensamiento político es servir a Dios y al Rey."

Aquellos huesos para pertenecer a Hernán Cortés debían de presentar:

-El espolón del calcáneo roto (al saltar por la azotea).

-El maxilar soldado (por la estocada del duelo).

-El cúbito o radio derechos soldados por fractura (escarceos contra indígenas).

-Restos de fractura en el frontal (batalla de Otumba).

Como pude comprobar, los huesos de la urna no disponían ninguno de estas características. El frontal de la calavera era perfecto y liso, sin rastro de ninguna fractura, así como el maxilar, el cúbito y radio del brazo derecho y los espolones de ambos píes. Estos huesos no habían sufrido fractura alguna.

Evidentemente esos restos no eran los de nuestro descubridor. Por tanto, ¿qué huesos habían expuesto en 1946?

Pero lo que verdaderamente me intrigaba, el verdadero misterio, era conocer el destino secreto de los huesos de Hernán Cortés.

Me encontraba en Méjico capital, en la Iglesia de Jesús y quería localizar unos restos humanos que desaparecieron en 1823, ¿por donde empezar? ¿Qué hacer?

Sabido es que todas las iglesias tienen archivos históricos donde se anotan, a modo de diario, las actividades de la Parroquia: sus cuentas, bautizos, comuniones, confirmaciones, bodas, entierros, etc. Es posible, pensé, que en los legajos de ese año anotaran algo. Sobre todo, si hubiera habido inhumación de algún cadáver dentro de la propia iglesia.

Me hice pasar por periodista; solicité permiso al párroco para ver los libros correspondientes al año 1823. Desconocía que fecha concreta podría haber sido. Argumenté que estaba preparando un artículo sobre la influencia de las mujeres en la independencia de las Colonias y por tanto, le seguía la pista a una dama española, hija de un comerciante de Cádiz, de nombre María de Bahía, que por ese año abandonó Perú, acusada de colaborar con Bolívar, y se suponía que había contraído nupcias en una Iglesia de Méjico.

Todo mi gozo en un pozo. No encontré nada relativo a inhumación de restos, ni conocidos, ni desconocidos. No había nada que me sirviera para la investigación. Mi carrera de detective, había terminado antes de iniciarla.

Intenté analizar una y otra vez todas mis abigarradas notas; no podía, ni debía abandonar mi misión *in media res*. Todo en mi cabeza eran preguntas sin respuestas, hasta que me hice una crucial, ¿y si retrocedo el camino? He intentando localizarlo en la iglesia donde se supone que lo enterraron en plena revolución, ¿y si no es así?, donde sí sabemos que estuvo, es detrás del Sagrario de la Iglesia de los Franciscanos.

Fray José Zamorano, párroco de la Iglesia de los Franciscanos, tenía más aspecto de jugador de rugby que de franciscano: anchas espaldas, manos como cazos y casi dos metros de altura. Miré hacia arriba, (mido uno setenta y uno) y con cara de simpático, le conté la misma historia que en la Iglesia de Jesús. Pero si aquel franciscano era enorme como una mole, su semblante adusto hacía juego con su antipatía y hostilidad.

Tuve que insistir hasta la saciedad y dejar caer veladas amenazas, con trasladar la petición a altos niveles eclesiásticos, para que me permitiera ver los legajos de 1823.

Al llegar cronológicamente al mes de abril, al final de la página, una vez descritos varios incidentes que afectaron a la parroquia, encontré algo que seguramente era lo que buscada. A pesar de que el nombre de Hernán Cortés, no aparecía por ningún lado. El texto decía:

"En Méjico a 14 de abril de 1823: D. Lucas Alamán, Ministro de Relaciones Interiores y Exteriores, y fray José Javier Martín Remírez, párroco franciscano de esta Iglesia de San Francisco en Méjico: Ambos como custodios y responsables de tan honorables restos, procuramos su descanso eterno, en el altar de Dios. Donde se fecundó la capital azteca, bajo el mito del águila devorando la serpiente…"

Era el final de la página, pasé a la siguiente y… ¡No estaba! ¡Había desaparecido! ¡La habían arrancado! Solté un puñetazo sobre la mesa y el estruendo se dejó sentir en la sacristía. Entró inmediatamente el franciscano y apenado le comenté que faltaba una hoja. Me miró quedo, y respondió secamente que no importaba, porque en dicha hoja no se hacía alusión al casamiento que yo estaba investigando. Así que sin más dilación, cerró secamente el libro y con un leve movimiento de cabeza me indicó la salida de la sacristía. Como no me había permitido entrar ningún objeto: mochila, máquina de fotos, papel o bolígrafo; una vez en la calle escribí rápidamente el texto anterior, que había memorizado.

Si todo correspondía con lo que yo pensaba. El franciscano junto con el ministro, se hicieron cargo de los huesos de Hernán Cortés (**honorables restos**) y los depositaron (**descanso eterno**), en algún lugar sagrado (**altar de Dios**) seguramente alguna iglesia, ubicada en el nacimiento de Méjico (**donde se fecundó la capital azteca**).

Lo único que tenía claro, es que los restos no habían salido de Méjico capital. Lo que quedaba por descubrir, era donde localizar ese nacimiento de la capital, **bajo el mito del águila…**

Para un neófito, como yo, en la historia de Méjico, necesitaba algo más que un folleto turístico para situar el nacimiento de la capital. Me dirigí al Departamento de Historia Contemporánea de la Universidad Nacional Autónoma de Méjico (U.N.A.M.), en la ciudad universitaria, construida en 1942 y heredera de la universidad fundada en 1551 por real cédula de Felipe II.

D. Francisco Iturbide, catedrático de Historia Contemporánea, era el típico profesor, con aspecto un poco descuidado, pero cordial y amable en el trato. Siendo muy pedagógico en sus exposiciones.

Insistí en mi personaje de periodista histórico, pero modificando el tema. Esta vez era: "La capital de los aztecas".

Su lección fue, como no podía ser menos, una verdadera clase de historia:

-Los aztecas tras un largo recorrido por el Altiplano, se asentaron en medio del lago Texcoco sobre una isleta, en que, según la leyenda los sacerdotes habían hallado un águila parada, sobre un nopal, devorando una serpiente, representando el águila al sol y la serpiente a los humanos. Así se fundó la capital de los méxicas o aztecas, llamada Tenochtitlán.

Estaba unida a tierra firme por cuatro calzadas, rodeada por *chinampas* o jardines flotantes, digamos que son los precursores de los actuales cultivos hidropónicos. En el centro se hallaban los palacios y los principales templos y el edificio del Clan o *techan*, donde se celebraban los sacrificios humanos.

La venta se realizaba por intercambio, y los granos de cacao desempeñaban el papel de moneda circulante.

Las casas eran distintas según la posición social de sus habitantes, unos 30.000 a la llegada de los conquistadores. Las chinampas albergaban chozas con techo de paja cubiertas de lodo y paredes de varas; en cambio, las casas principales, se asentaban sobre plataformas, para protegerse de las inundaciones, y eran de adobe o piedras, sin ventanas y con un patio interior.

-Y de todo esto, ¿qué es lo que queda? —me interesé.

-Desgraciadamente amigo, -me expresó, con cara de circunstancias- el 8 de noviembre de 1519. Hernán Cortés llegó a la capital azteca. Fue recibido por los nobles y por Moctezuma II, quien lo trató con honores, alojándolo en el palacio de Axayácatl.

Hernán Cortés tuvo que salir de la cuidad para ir al encuentro de Pánfilo de Narváez, que lo había enviado Diego Velázquez, para castigar su rebeldía; y ante la imprudencia de Pedro de Alvarado, que el de Medellín, había dejado al cuidado de Tenochtitlán, se provocó el levantamiento de los indios. Moctezuma trató de apaciguar y resultó herido y muerto posteriormente. Teniendo que huir los españoles.

Trascurrido un año, Hernán Cortés pensó que: *una isla en medio de la tierra, sólo sería tomada en batalla naval.* Así que construyó tres bergantines en Tlaxcala, los llevó pieza a pieza, al lago Texcoco, sitió la ciudad durante noventa días, cayendo finalmente en su poder; a pesar de la heroica defensa del nuevo emperador azteca Cuauhtémoc.

La ciudad quedó arrasada, y de los edificios que quedaron, los españoles utilizaron los materiales para las nuevas construcciones, ya que decidieron levantar sobre esos cimientos la capital de Nueva España.

La historia me pareció fascinante, heroica por ambos lados. Me ayudaba a comprender más al personaje, e incluso a sentir más la ciudad.

Pero no tenía lo que buscaba…

-Entonces profesor, a través de los tiempos, ha quedado algún edificio. Hay algo del origen.

-El aspecto y los edificios de Tenochtitlán se conocen gracias a las crónicas y dibujos realizados en los primeros tiempos de la conquista. Pero debido a diversas excavaciones, se ha hallado la piedra de sacrificios o edificio del Clan.

-Y eso, ¿dónde lo puedo visitar? –insistí.

-Está en el Zócalo, en la Plaza Mayor.

Después de agradecerle efusivamente la clase de historia, mi pensamiento estaba ensimismado en lo cerca que detectaba el final de mi investigación. Empezaban a encajar las "piezas "de la frase. Los restos estaban en un **altar,** en el origen de la ciudad. Precisamente ese origen ya lo había localizado, que además concordaba con el **mito del águila devorando la serpiente**. Era cuestión de visitar el Zócalo y localizar el altar.

Cuando salía de la universidad, me pareció ver por los pasillos, entre la multitud de alumnos, a fray José Zamorano; no llevaba los hábitos, pero su envergadura lo delató. En principio no le di importancia. Mas tarde comprendí que la tenía…

Conocía perfectamente donde estaba el Zócalo, porque me alojaba en el Hotel Ciudad de Méjico, esquina entre las calles: 15 de septiembre y 5 de febrero, en el vértice suroeste del Zócalo.

El folleto del hotel que llevaba en el bolsillo, describía:

"La plaza mayor, llamada Zócalo, evoca ese gran sitio de culto y ombligo del mundo que fue el centro ceremonial de México-Tenochtitlán y que hoy reúne los símbolos nacionales del poder. En el Zócalo se mezclan el resonar de tambores, los cascabeles de los danzantes y el copal de modernos curanderos. Sitio de referencia, protesta, rito o de fiesta nacional por la noche ofrece un imponente espectáculo que llega a su exaltada culminación durante la fiesta popular del 15 de Septiembre…

Pasé de la euforia al desánimo y abatimiento, nada más pisar el Zócalo. No sabía por donde empezar. En aquellas ruinas era impensable creer que habían enterrado los restos de Hernán Cortés, ¿dónde? Había una gran piedra circular (el edificio del Clan, simbolizando al sol), parecía imposible excavar una tumba en esa roca. Nada hacía pensar que allí estuvieran los huesos buscados. El lugar es tan descarado y céntrico, que incluso de noche, habrían sido vistos. Además no es un altar o… ¿quizás si? Teniendo en cuenta que en esa piedra celebraban sacrificios humanos, podía entenderse que era en cierto modo un altar.

Pero no tenía lógica, un franciscano y un ministro conservador, no podían considerarlo como un **altar de Dios**, tal y como ellos lo habían definido.

El resto de vestigios aztecas de alrededor, eran excavaciones de 1927 y posterior. Por lo que se invalidaban ellos solos.

Allí me encontraba en medio del Zócalo, girando sobre mí mismo: al oeste mi hotel, al sur el Gobierno de la Ciudad, al este el Palacio Nacional y al norte… ¡exacto! al norte la Catedral. Allí estarían los restos, la Catedral casaba los hechos: estaba en el origen de la ciudad, bajo el mito del águila y dentro, un altar. ¡Que menos que una Catedral!, para que descansaran los restos de tal insigne personaje. Resultaba curioso, tenían los restos de Hernán Cortés, a veces tan amado y otras tan odiado, en la Catedral y no lo sabían.

La Catedral El Sagrario, es una síntesis del arte de la Nueva España. Tiene una imponente fachada barroca y neoclásica llena de luz. En la penumbra del espacio sagrado, fluyen cinco naves, capillas y pinturas. Destacando el altar del Perdón, la sacristía y el retablo de los Reyes.

Ante tanta magnificencia, era un reto iniciar la investigación, había varias capillas y cada una con su altar correspondiente. Así que me detuve delante de un órgano monumental de aire y decidí que lo que debía hacer, era planificar la visita.

Deposité un donativo y tomé un folleto. La portada dividida en dos, era la foto de la fachada de la Catedral, donde resalta el rojo tezontle y la amarilla piedra de Chiluca. Abriendo el tríptico, el centro mostraba un plano de la planta de la Catedral. La columna de la izquierda, la historia y la de la derecha, las descripciones del contenido de la Iglesia.

"En 1563 se inició la construcción de la actual Catedral, que sustituyó a la Catedral vieja. Siendo acabada definitivamente tres siglos mas tarde…"

No me lo podía creer, una vez más pasaba del entusiasmo al abatimiento en un instante. Cuanto más indagaba en la historia, más confundido me sentía. Si las cifras eran exactas, fue a finales del S XIX, cuando acabaron las obras. Y estamos sobre unos hechos acaecidos en

1823, principios del S XIX. Y por si esto no fuera suficiente, un incendio destruyó el altar del trascoro.

Pero, si efectivamente la Catedral estaba en obras, ¿pudieron aprovecharse de las mismas, posando los restos de Hernán Cortes en un altar? Posiblemente, ¿en el altar mayor? Y si estaban los retos en el altar del trascoro, ¿habrían desaparecido en el incendio? Nunca lo sabría. Este misterio, nunca se desvelará…

El enigma me había atrapado. Mi ineptitud para descifrar el significado completo a la frase que encontré en los legajos de la Iglesia de los Franciscanos, y sobre todo, mi incapacidad para localizar los huesos de Hernán Cortés, me convertían en un derrotado. Me preguntaba abiertamente, ¿y si esa frase no tiene nada que ver con el conquistador? Al fin y al cabo, no dice de qué restos se tratan. ¿Y si con preguntas como esta, lo único que hago es justificar mi fracaso?

Me encontraba en un atolladero, así que decidí ir al hotel a descansar. Solo tenía que cruzar la calle Monte de Piedad. Mientras lo hacía, para erradicar mi abatimiento, pensaba en lo maravilloso que es la vida. Lo bonito que es vivir; pero no vivir mañana, sino vivir día a día; el pasado son recuerdos, el futuro es la posibilidad y únicamente el instante que vivimos es real…

Pero la vida sin retos, no tiene sentido. No sólo tenemos que dedicarnos a la vida biológica: nacer, crecer, multiplicarse y morir. Somos algo más. Tenemos que pensar, sentir, decidir, y sobre todo… marcarnos desafíos.

¿Qué hubiera hecho él? ¿Se hubiera dado por vencido a las primeras de cambio? ¡No! ¡Nunca se amedrentó!: El accidente de su aventura amorosa, no le impidió enrolarse en una segunda expedición al nuevo mundo. La prohibición de Diego Velázquez, a su expedición, no evitó su salida. La prohibición del mismo, a fundar establecimientos permanentes, no imposibilitó la formación de los mismos. La hegemonía y dominio de los aztecas, no fue obstáculo para vencerles, haciendo alianzas con el resto de tribus. La situación geoestratégica inexpugnable de Tenochtitlán, no resultó óbice para su toma. Los continuos informes de desacato al rey, no le arredraron para que se presentara personalmente ante Carlos V; y éste no solamente no hizo caso de los mismos, sino que lo ensalzó.

¿Entonces?...Me quedaba una posibilidad...y entré en la "Internet-Room" del hotel.

-¿Dónde vamos, señor? –me preguntó el taxista.

Dudé unos instantes...

-¿Quiere ganarse cincuenta dólares?

-Por cincuenta dólares, le doy la vuelta al mundo, ¡chamaco!

Quedé de nuevo pensativo unos segundos y...

-¿Sabe usted quién fue Lucas Alamán?

-...Por supuesto. El compadre Alamán fue ministro de la Revolución.

-¿Usted conoce o tiene información, si sus descendientes poseen algún archivo o biblioteca, perteneciente al político?

-Desconozco lo que tendrán, pero Don Lucas tenía una casa colonial en la Alameda y todavía está habitada.

-Pues gánese esos cincuenta dólares y lléveme allí.

-Voy volando, chamaquito.

-Me parece perfecto que vaya volando. Pero que las ruedas no se separen del suelo.

-¡Ah…que gracioso es usted gringo!

-¡No soy gringo! ¡Soy español!

-¡Ándele! ¡Pues y todo somos compadres! Seguro que tuvo algún pariente conquistador.

-En efecto, tuve un antepasado conquistador,-decidí contarle una mentira piadosa ¡una mas!-.Se llamaba Cortés, Hernán Cortés.

-¡Córcholis! Ese hijo de la gran…Perdóneme compadre, pero ese Cortés se chingó a muchas indígenas.

-¿Si? También liberó a las tribus de la costa del yugo y la dictadura de los aztecas, evitó los sacrificios humanos, y las unificó formando el germen de la nación del Méjico actual.

-¡Que va compadre! Eso lo hicieron Zapata y Villa.

-Déjeme adivinar –insistí-, ¿a que usted vota al PRI?

-¡Ándele! ¿Cómo lo ha sabido? Es usted muy listo compadre.

-Ya…

El edificio más que colonial, era neoclásico, con la peculiaridad de que parte de la fachada estaba recubierta de cerámica.

Como el nombre de Lucas Alamán, aparecía en el legajo de los franciscanos, localicé en Internet su biografía. He de reconocer que este señor no se aburrió durante su ajetreada vida: estudió química, botánica y griego. Fue diputado en las Cortes de Cádiz por la provincia de Guanajuato. Viajó por Londres, París y Roma. Organizó compañías de minas, bancos, fábricas hilanderas, etc. Fijó los límites entre Méjico y EEUU, y logró que los norteamericanos aceptaran que los esclavos fugados de su país, fueran considerados libres al pisar Méjico. ¡Todo un personaje! Fue Secretario de Estado y dos veces Ministro de Relaciones Interiores y Exteriores.

Volví a ser periodista histórico. Esta vez analizando la presencia del estadista en el nacimiento de la constitución de 1812 en nuestras Cortes de Cádiz. Era el nexo de unión más rápido con España.

Su heredera, en quinta generación. Una mejicana guapísima, joven y muy culta. Me indicó que todos los documentos privados y públicos de su ilustre antecesor se encontraban en el Archivo General de la Nación, que además fue obra de él. Por tanto, era allí donde me tenía que dirigir.

Me tomé el atrevimiento, entre galanteo y coquetería, de insistir y sugerir, que buscaba documentos muy privados, muy personales. Algo así, como un diario, donde anotase sus hechos más íntimos. No en vano – inventé- tuvo un romance durante su estancia en Cádiz, del que también quisiera indagar.

Aquella preciosa heredera, del insigne mejicano, cayó en las redes de la curiosidad y permitió que le ayudara a explorar en lo más íntimo de Lucas Alamán.

La biblioteca era monumental. Miles de libros archivados alfabéticamente por el nombre del autor. En la P un apartado "personal" por años. La chica lo había visto otras veces, pero no había deparado en su lectura. Le dije que tomara la primera década del siglo y yo la segunda…

Localicé abril de 1823 y…no podía leer,… unas lágrimas invadían mis ojos y no veía bien,… me las quitaba… y luego se me empañaban las gafas…no…estaba nervioso…no…¡Lo tenía! ¡Es increíble! Alamán había repetido el mismo texto que en los legajos de la iglesia, ¿por seguridad? ¿Para evitar que se perdieran definitivamente? En esos momentos, ni lo sabía, ni me importaba. Esto reforzaba mi tesis. El ministro y el fraile habían sido los ejecutores materiales, del traslado de los restos de Hernán Cortés. Y de esta manera dejaban prueba de ello. Lo verdaderamente extraordinario, era que esta vez, el texto estaba completo:

"**En Méjico a 14 de abril de 1823: D. Lucas Alamán, Ministro de Relaciones Interiores y Exteriores, y fray José Javier Martín Remírez, párroco franciscano de esta Iglesia de San Francisco en Méjico: Ambos como custodios y responsables de tan honorables restos, procuramos su descanso eterno, en el altar de Dios. Donde se fecundó la capital azteca, bajo el mito del águila devorando la** serpiente, una vez que ésta engulló al Colibrí. **En el cerro sagrado, manantial de la vida."**

Le agradecí eternamente su hospitalidad y colaboración, y me reprimí de solicitarle una cita.

Tomé mi taxi de "Pancho Villa" y al salir de la calle nos cruzamos con un turismo japonés de color amarillo, que no me resultaba desconocido.

Mientras nos dirigíamos a la Universidad Nacional Autónoma de Méjico. Leía y releía el texto. La parte añadida, en principio, me aportaba poco: **colibrí, cerro sagrado** y **manantial de la vida**.

Algo debía de haber en la primera parte que se me pasaba por alto. O simplemente, que no encauzaba bien las palabras. Ya había deducido el nacimiento de la ciudad, y no había encontrado nada... ¿Nacimiento? ¿Dónde pone nacimiento? Lo que detallan es: **Donde se fecundó la capital azteca.**

Si tenemos en cuenta la gran cultura del ministro y además botánico. Si utilizó el verbo "fecundar", en vez de "nacer", sería por algo. Y puestos a especular: fecundar es anterior a nacer. Luego, antes del nacimiento de la ciudad azteca, que ya sabemos que es Tenochtitlán, debió de haber otro origen ¿?.

El trato amable y cordial, que había recibido por la mañana, de

D. Francisco Iturbide, catedrático de Historia Contemporánea, se convirtió en unas horas, en antipático y hosco. No quiso atenderme de nuevo y me expulsó de su despacho, sin más explicaciones.

Empezaba a comprender la presencia del franciscano, en los pasillos de la Universidad.

Regresé a mi habitación 205 del Hotel Ciudad de Méjico, muy disgustado por el trato que me había dispensado el catedrático. Al entrar en la habitación, inicialmente creí que no era la mía. Comprobé el número en la puerta y… ¡efectivamente!, era la 205. La habitación estaba, como vulgarmente se dice "patas arriba". No estaba nada en su sitio, ni había sitio para nada. Lo primero que pensé, fue en un robo. Pero no disponía de nada interesante para que lo hurtaran. El efectivo en dólares, las tarjetas de crédito, el pasaporte y la máquina de fotos, todo lo llevaba en la mochila. Para localizar dinero, ¿para qué tanto desbarajuste? No lo entendía.

Me encontraba ordenando la habitación, cuando llamaron a la puerta…

-¡Ah! ¿Es usted? Pase y écheme una mano, quizás conozca al autor de este desaguisado.

-No te voy a interrumpir demasiado en tu tarea. Que por cierto, veo que tienes para rato. Sólo quiero advertirte que estás pisando terreno muy resbaladizo. Desconozco lo que pretendes; pero sea lo que sea, no vamos a permitir que se modifique el estado de las cosas, tal y como durante mucho tiempo han permanecido.

-¿Por qué no habla más claro?, fray José. ¡Bueno!, lo de la amenaza ya lo he entendido. Me refiero a lo de modificar el estado de las cosas.

-Eres buen entendedor y ya conoces el refrán…

-¿Por qué quiere impedir que localice la tumba de Hernán Cortés?

-Yo no he mencionado la tumba de nadie. Pero insisto, estás llegando demasiado lejos con tus conjeturas y especulaciones. Sería saludable, que finalices tu visita turística en Méjico y vuelvas a España. No tengo nada más que decirte. Adiós.

-Por cierto fray José, ¿de qué color es su coche?

Cerró la puerta sin contestarme. Aquella visita o me debía de poner muy nervioso, que era el motivo por el que había venido el franciscano, o por el contrario, consolidaba mi hipótesis. En principio, reconozco que me sentí un poco asustado, pero esto demostraba que mi presunción era correcta. Que estaba en lo cierto, y además, que estaba muy cerca. Y si no, ¿por qué había dado el paso, de quitarse la careta? Solo había una respuesta: me encontraba encima de los restos de Cortés.

En teoría, así debía ser. Pero de lo único tangible que disponía, era de una frase escrita por un ministro y un fraile en 1823, sin descifrar su significado.

Seguí ordenando la habitación, cuando volvió a sonar el timbre. Pensé que sería de nuevo el fraile y abrí la puerta…

-¡Buenas tardes! Me llamo Antonio Zamora y vengo a ayudarle.

Me quedé mirándole, intentando reconocerlo. La estampa era

curiosa; de esas que en unos instantes no sabes que hacer. Ambos de pie a un lado y otro de la puerta. Mi mano derecha en el pomo y la suya buscando mi saludo.

-Perdón…no le conozco –contesté.

-Efectivamente, puede que no se acuerde de mí. Soy adjunto a la cátedra de Historia Contemporánea y secretario del catedrático Don Francisco Iturbide. Esta mañana le acompañe a su despacho.

-¡Ah…si! Ya recuerdo.

-No he podido evitar ser testigo de cómo le ha tratado hace un rato mi catedrático. No quisiera que usted se llevara una mala impresión, ni de mi gente ni de mi país.

-Bueno, el catedrático tendrá sus motivos, y sólo se representa a sí mismo. En cuanto a Méjico, por lo poco que conozco, es una maravilla.

-Don Francisco cambió su actitud, hacia usted, luego que lo visitara un señor muy alto, nada más terminar su primera visita esta mañana. Desconozco lo que le dijo.

-No tiene importancia. Supongo que será un malentendido… ¡eh!...pase, pase…dijo usted que ¿quería ayudarme?

-¡Si!...Uhmm… por casualidad escuché su conversación con mi catedrático y le oí el planteamiento que le hacía. Le preguntó sobre el origen de la ciudad de Méjico, anterior a Tenochtitlán, ¿no?

-¡Correcto! Le consulté si antes del nacimiento de la ciudad azteca, que ya me explicó que es Tenochtitlán, pudo haber otro origen.

-El referente y el origen de la capital de Méjico, siempre se toma

Tenochtitlán. Por su asentamiento, estructura y grandeza económica y social. Y sobre todo porque con sus propios cimientos se construyó la ciudad actual. Pero efectivamente, si nos remontamos hacia 1299, el grupo mexica, de carácter austero y guerrero, representado por el dios Zurdo Colibrí y conducidos por el sacerdote Tenoch, luchan contra los pueblos establecidos para conseguir un sitio en las riveras de los lagos, estableciéndose en Chapultepec. Lugar privilegiado por su posición estratégica y recursos naturales, pero son expulsados por los Acohuas hacia un islote en el lago. Siendo allí donde concluye la peregrinación secular de los aztecas. La señal para ello fue la visión de un águila devorando una serpiente sobre una planta de nopal que crecía sobre un islote.

-Si, ya me explicó lo del águila. ¿Y ha dicho que el dios se llamaba Zurdo Colibrí?

-¡En efecto! —me contestó.

-Y eso de Chapultepec, ¿qué es? ¿Dónde está?

-Es un cerro volcánico, donde está el gran parque de Méjico. Fluyen manantiales y era el canal de abastecimiento de agua de Tenochtitlán. Además está el Castillo de Chapultepec, que es el Museo Nacional de Historia.

-No sabe usted lo agradecido que le estoy, muchas gracias – sin dejarle casi terminar, le tomé por el brazo y abriendo la puerta lo saqué de la habitación.

-Me permite una pregunta —demandó desde el pasillo.

- Si ¡Como no!

-¿Por qué le interesa todo esto?

-Bueno –dudé-. Verá usted…soy periodista, y soy consciente de que Méjico es el gran desconocido en España. Y quiero escribir un gran artículo que frente a los tópicos de Pancho Villa, Jorge Negrete y Cantinflas, existe un pueblo maravilloso con su historia totalmente desconocida.

-Me alegro que valore nuestro origen. ¡Nos veremos! –dijo a la vez que se iba.

Rápidamente cerré la puerta, cogí papel y lápiz, y comencé a casar los nuevos y concluyentes datos aportados.

Ahora sí sabía **donde se fecundó la capital azteca.** Y efectivamente **el mito del águila devorando la serpiente, una vez que ésta engulló al Colibrí,** daba a entender que el águila con la serpiente fueron posterior a la caída del dios Colibrí. Chapultepec lo definió como un **cerro** donde fluyen **manantiales.** El agua es necesaria para la vida, y era el abastecimiento de la ciudad, por ello **manantial de la vida.** Pudiendo aventurar, sin temor a equivocarme, que donde nace el **manantial de la vida** es un **cerro sagrado.**

Solo me quedaba ir al cerro, y encontrar el **altar.** Allí deberían de estar los huesos de Hernán Cortés.

Me presenté inmediatamente en el cerro, que además de una riqueza natural extraordinaria, en la cumbre se alzaba majestuoso el palacio de Chapultepec.

Logré entrar, gracias a la propina de diez dólares, que amortiguó al soliviantado conserje, por ser ya "hora atrasada".

Para no perder tiempo contraté los servicios de un guía, que en ese instante finalizaba con un grupo yanqui.

-Le haré una exposición breve por la premura del tiempo, ya que el museo está a punto de cerrar. Pero no se preocupe, que verá lo más importante y majestuoso de este castillo –me indicó el guía-. El castillo se encuentra sobre el cerro sagrado de Chapultepec, de ahí su nombre.

-¿Por qué sagrado? –le interrumpí.

-Para los pueblos indígenas los cerros son todos sagrados. Por ejemplo el santuario de Guadalupe, también está en un cerro. Este donde nos encontramos tiene una elevación de 23° sobre La Plaza Mayor de la ciudad de Méjico. Su posición estratégica le han hecho siempre muy atractivo.

En el siglo XVIII se edificó una fortaleza militar, posteriormente convertida en cuartel de enseñanza militar, para luego construir el Palacio Imperial de Maximiliano de Habsburgo …-mientras explicaba, recorríamos el mayestático palacio, con augustos salones, señoriales habitaciones, esplendorosas vidrieras, solemnes alfombras; todo lo presente estaba bajo un manto regio-… con la restauración de la República, el Castillo se destinó a residencia presidencial, y a partir de 1944 se establece como Museo Nacional de Historia, hasta nuestros días –era su última frase terminando la visita guiada, en la puerta del museo.

-¡No hemos visto la capilla! –le inquirí.

-Lo siento no hay capilla. Esto se inició como una fortaleza. Y en los planos que están expuestos en la sala de embajadores, de todas las modificaciones posteriores, en ninguna, se proyectó oratorio… excúseme ¡es la hora!

¡No podía ser! Cada vez que creía tenerlo, me faltaba algo. El puzzle siempre estaba incompleto. ¡Solo me faltaba el altar! ¡Que poco les hubiera costado haber hecho un altar! No tenía el cuerpo para gracias. Pero a mi me seguía faltando un altar, y ahora si que ya no sabía donde más investigar.

Salí a la calle, me dirigía por un taxi cuando, de nuevo vi el coche amarillo. A estas alturas del día ¡me daba igual!

-¡Señor!... ¡Señor!

Me volví para ver quien me llamaba…era el conserje, ¡el de la propina!

-Mire señor —empezó a hablar con la respiración entrecortada-. Púsele el oído a lo que el guía universitario le refirió. Y yo por otros diez dólares, le puedo complementar la visita y enseñarle lo que usted busca.

-¡En serio! —Mis ojos como platos y mis oídos como orejas de elefante- ¡Vamos dentro! Tenga diez dólares y si la visita es satisfactoria, le esperan otros diez.

Aquel hombre me puso una sonrisa de oreja a oreja y era capaz de construir piedra a piedra, un castillo a mi gusto.

-Escúcheme, lo único que me interesa es saber si aquí o por los alrededores, hay una iglesia, capilla, oratorio o algo que tenga altar.

-¡Claro compadre! Los guías universitarios no lo saben porque solo han estudiado en los libros. Y aquí visitan lo de siempre. Pero yo llevo cuarenta años en el museo, y sustituí a mi padre, que estaba desde la inauguración, en el cuarenta y cuatro. De chamaquito, venía todos los días con la alforja de comida para mi viejo.

-Si pero, ¿donde está el altar? –me sentía impaciente.

-¡Tranquilo! Yo le explico. Efectivamente, como dijo el universitario, para nuestros pueblos indígenas los cerros eran sagrados y después de que Hernán Cortés tomara Chapultepec, para mantener el carácter sagrado del mismo, mandó construir una pequeña ermita.

-¿Dónde está? –pregunté nervioso.

-Es usted un impaciente compadre. ¡Sígame! Es una ermita muy pequeñita, más bien es un cuarto, no más de quince metros cuadrados, con un pequeño altar, un crucifijo y un banco. No está incluido en las visitas. Todas las restauraciones pasaron sobre ella, y ni la ampliaron, ni la quitaron.

Localizó una enorme llave de hierro, y abrió la puerta. Respiré dos veces antes de entrar, y efectivamente aquello era un cuartucho pulcro, sin retablo, con un altar muy limpio cubierto de seda blanca con encajes y encima un crucifijo. En la sala un banco para unas cinco personas, no más.

Me arrodillé ante el altar, levanté la seda y encontré una formidable piedra de sillería perfectamente labrada y sellada. Me volví hacia el conserje y le pregunté.

-¿Por qué esta tan bien conservado este altar?

-¡Ah…si! Por los franciscanos.

-¿Por los franciscanos? –insistí extrañado.

-Si, ellos tienen la otra llave y se encargan del mantenimiento de esta pequeña ermita. Ya cuando estaba mi padre venían… y además celebran misa todos los años el dos de diciembre.

-El dos de diciembre –repetí pensativo-, ¡que coincidencia!

-¡Vaya que si es coincidencia! ¡Cómo que es mi cumpleaños! Por eso lo recuerdo, siempre me traen una tarta y cuando era pequeño, pasteles.

-Ya… y además es el día que murió un viejo conocido.

-Eso es peor…Me llaman al busca, espere un momentito aquí. Ahorita vuelvo, ¿no le importa?

-No…no…de ninguna manera. Vaya tranquilo.

Allí me encontraba, solo ante el altar, buscando una respuesta. Quería que desde sus entrañas, los restos de Cortés me dijeran: ¡Lo has logrado! ¡Aquí estoy, descansando en paz!

Saqué el papel con la frase completa y para cerciorarme bien, repasé las palabras del rompecabezas. Si realmente está aquí, deben encajar sin resquicios:

- ✓ Está descansando en un **altar de Dios**; el de esta ermita.
- ✓ **Donde se fecundó la capital azteca**; en Chapultepec.

- ✓ **Bajo el mito del águila devorando la serpiente, una vez que ésta engulló al Colibrí**; cuando fueron desplazados de Chapultepec a Tenochtitlán.
- ✓ **En el cerro sagrado, manantial de la vida**; Chapultepec.

El puzzle estaba completo. Pero una prueba física, ¡no vendría mal! Así que, desnudé el altar, acomodé la seda y el crucifijo en el banco y me arrodillé nuevamente para analizarlo milímetro a milímetro…

De repente se cerró la puerta y la habitación quedó en tiniebla. No veía nada y me quedé en la posición oratoria que estaba. Poco a poco mis pupilas se iban dilatando adaptándose a la oscuridad. Unos finísimos rayos de luz se colaban por debajo de la puerta. Ya distinguía el banco, después el crucifijo, luego la puerta y…súbitamente una enorme silueta negra, quieta como una estatua, en un extremo del banco.

Un sudor frío recorría mi columna. No podía distinguir quien era ¡Yo juraría, que eso no estaba antes ahí! Yo tampoco movía un pelo. Es más, ni respiraba.

-¿Estas buscando algo? o quizás estás rezando –me dijo.

Reconocí la voz de aquel hombrachón.

-Te advertí, que estabas pisando terreno muy resbaladizo. Has llegado demasiado lejos –sentenció fray José.

-No solo he seguido los huesos de Cortés, sino su espíritu –expliqué-. Nunca se dio por vencido, solventó todas las dificultades y al final formó una nación. Yo también deseo que descanse en paz.

-Tú eres español y no lo entiendes. Para vosotros Hernán Cortés es un conquistador más, como pueden serlo Pizarro, Cabeza de Vaca, Núñez de Balboa y otros muchos. Pero los móviles que les impulsaron a cada uno de ellos, fueron muy diferentes. Para nosotros los mejicanos, al menos para un grupo importante, Cortés representa el origen de nuestra nación. No fue un conquistador sino un libertador. Liberó a las tribus del yugo azteca, eliminó el canibalismo y los sacrificios humanos. Apoyó y promocionó nuestra labor apostólica. En los trabajos más efectivos de la colonización se encuentra a cada paso la huella de Cortés: servicio de transportes y caminos; importación de ganado, de plantas, de cultivos, fomento de la inmigración de artesanos y labradores, construcción de barcos, reglamentos y peticiones enviadas constantemente a España. Apenas faltaba su acción personal, todo se perdía en querellas cicateras. Sus agentes, sus apoderados, sus tenientes, demostraban absoluta incapacidad para el mando por inmorales, torpes y mezquinos. Y don Hernán, para decirlo todo de una vez, fue el creador de una nueva nacionalidad, ésta cohesionada por la lengua, por la religión, por mil detalles de civilización incorporados a la bella cultura propia de los pueblos conquistados; esta nacionalidad que nos distingue a los noventa millones de mexicanos básicamente mestizos que nos empeñamos en un imposible regreso de la patria a épocas superadas.

-¡Perfecto! Si estamos de acuerdo. No se porqué me ha seguido con ese coche amarillo chillón y me ha destrozado la habitación –le dije todavía de rodillas.

-Hemos mantenido este secreto durante casi doscientos años y no vamos a permitir que nada, ni nadie lo haga público.

-Cuando dice "hemos", se refiere a los franciscanos…

-¡Si!...Además existen fuerzas en Méjico que van detrás de estos restos —lo dijo mirando al altar-, también desde hace doscientos años. Son exaltados a los que se les retuercen los entresijos a la menor mención del conquistador y quisieran borrar todo recuerdo de él. Lo tachan de indignas actitudes: ambiciones desmedidas, ruines deslealtades, crueldad inadmisible y abaratantes garañonerías…

Y un miembro destacado de estas fuerzas, es su profesor adjunto de Historia Contemporánea, Antonio Zamora. El es quien le destrozó la habitación, y quien le ha estado siguiendo con el coche japonés amarillo, cuya propiedad me imputas.

Yo a la vez le seguía a él, e iba comprobando tus progresos en la investigación y borrando todas las posibles pistas. Jamás pensamos, Francisco Iturbide y un servidor, que llegarías tan lejos. El golpe de suerte lo tuviste en el diario de Alamán. Nunca en estos doscientos años se había comprobado. Habíamos examinado uno a uno, todos sus documentos oficiales, sin encontrar el más mínimo rastro de los hechos que describe en el diario. Pensábamos que teníamos todas las pistas borradas; y tú con la mitad de la frase del legajo de la iglesia, has llegado hasta aquí. Ya nos hemos asegurado de que "nadie" más, vuelva a leer ese diario.

-El coche amarillo está ahí afuera —recordé-, Antonio Zamora estará esperándome y entonces…

-No te preocupes, también nos hemos ocupado de él…Por cierto, ¿de verdad eres periodista?

-No... ¡que va! Soy... Perito Agrícola.

Se oyó en la pequeña ermita, una estruendosa carcajada...

Mientras fray José Zamorano se desternillaba de risa, me levanté del suelo... muy despacio me dirigí a la puerta, la abrí y antes de cerrarla, miré al franciscano diciéndole:

"Hernán Cortés in statu quo, per sécula seculórum".

El eje de la ambición

Introducción

A veces una reflexión de nuestra vida nos descubre que no son tales el éxito y la felicidad que nos jactamos de haber conseguido.

El velo que nos cubre lo ojos y la mente es muy fino, excesivamente fino y transparente, precisamente por ello la imagen de la realidad se desvirtúa, no es del todo nítida.

El protagonista de este relato después de escalar a los máximos peldaños de su profesión, se considera un triunfador. Un inesperado y desdichado accidente le hace tomar una decisión inusual, insólita, e inexplicable, para el resto de sus allegados. Casualmente, alguien puede poner en peligro su arriesgada decisión. ¿Podría el egoísmo humano romper su ansiado futuro?...Al final siempre le quedará su zippo.

El eje de la ambición

(I)-No es vida, lo que no se ha vivido-

¡Clic! ¡zas! ¡clak!... ¡clic! ¡zas! ¡clak!... Acariciaba el encendedor entre los dedos de su mano izquierda, a la vez que acrobáticamente con el pulgar abría la tapa ¡clic!, rascaba la rueda de la piedra saltando la chispa ¡zas!, y con el índice cerraba la tapa ¡clak!. Así una y otra vez. Era su método de concentración y evasión.

Recostado en su sillón de cuero marrón rojizo, los pies sobre el escritorio de caoba, a juego con el sillón y los sofás del despacho. Una gran cristalera a su espalda, asomándose a la gran avenida, en la que se concentraban las mayores y más influyentes empresas del mundo occidental. En ese enorme, elegante y glamoroso despacho, se cerraban negocios de cientos y miles de millones de euros o dólares, dependiendo del continente.

¡Clic! ¡zas! ¡clak! El tacto suave de la superficie pulida de plata del mechero, contrastaba con el grabado de la parte inferior derecha: *Rebeca*. Su mirada perdida en las fotos de la estantería de trofeos.

¡Que tiempos aquellos! Exclamó interiormente al visualizar la foto del marco rojo. La instantánea recoge a una pareja de jóvenes enamorados, tumbados en la fina y pegajosa arena de la playa, bajo una sombrilla de irreverentes colores chillones. Fue una escapada de fin de semana. Previo a los exámenes final de carrera. Estudiaba Economía y Sociología, y fue en un seminario donde conoció a su verdadero y único amor: Elizabeth. Fueron años realmente felices. Estudiaban, trabajaban, y como todos, estaban sin blanca, ¿es esta la verdadera definición de felicidad? Compartían con cuatro compañeros un apartamento. Así que el amor fluía en poco espacio, escaso tiempo y carente de dinero. A la vez que con la mano izquierda abría y cerraba el Zippo, con la derecha se mesaba el pelo negro de su cabeza y una ligera sonrisa de añoranza, se dibujaba en sus labios.

A la siguiente foto de la estantería se le marcaban varios dobles y su color era de un desteñido ocre. Afloraron sentimientos de melancolía, aflicción y pena; en definitiva de pesadumbre. De mucha pesadumbre. Era una foto de su padre, en plena sabana africana. Nada más morir su madre, siendo él un niño, su padre lo abandonó todo; hogar, trabajo, amigos, familia, e incluso a su propio hijo. Se refugió en África, según él, para ayudar a los necesitados. Hoy en día se ignora si todavía vive. En todos estos años, sólo escribió una carta al cumplir su hijo los dieciocho años:

Estimado y querido hijo:

Me siento extraño al escribirte después de tantos años de silencio. La muerte de tu madre me destrozó la vida y me sentí incapaz de continuar en un mundo donde cualquier objeto, persona, ciudad o tu mismo me recordara a mi Rebeca.

No quiero justificarme de nada, ni pedirte perdón por no haber ejercido mi labor de padre (estoy seguro que tus abuelos lo han hecho muchísimo mejor que yo).

Únicamente quiero felicitarte en tu mayoría de edad y que me permitas darte un consejo (ya se que no tengo ningún derecho, pero aún así lo intentaré). No es vida lo que no se ha vivido, y a pesar de que nos creamos satisfechos con nuestra vida, siempre nos tenemos que preguntar hasta que punto hacemos aquello que realmente queremos.

Yo lo he encontrado, he localizado mi sino. Tal vez por azar, accidente, ventura, destino o fortuna, pero soy feliz, me siento feliz y soy libre. *Con esto no quiero decir que dejes tu vida, lo abandones todo y te vengas a la sabana. Solo pretendo dejarte mi más preciado legado - mi consejo-, mi único patrimonio: se tu mismo.*

Te adjunto mi encendedor Zippo, es un regaló de tu madre con su nombre grabado. Tiene piedra pero no combustible. Da una pequeña chispa de vida (es la tuya actual). Cuando te sientas y seas libre. Cuando realmente seas dueño de tus decisiones, será el momento de que la chispa se transforme en llama.

El algún lugar de la sabana africana. Tu padre."

Y nuca más se supo nada de él.

Los colores de la siguiente foto eran vivos, como los ojos y la cara de su chiquilla. La foto tenía unos años, pero esa cría le había traído un gran complemento de felicidad, estabilidad emocional y una gran madurez, asumiendo la responsabilidad paterna. Ahora su cara marcaba una larga mueca de sonrisa, con los recuerdos de la niña en su regazo, gateando en sus primeros pasos y la manía de esconderse siempre que intentaba grabarla en video.

Agotadas las fotos del estante de trofeos, observó el anaquel de la librería. Se detuvo en el retrato con el marco más grande e institucional. El presidente y accionista mayoritario de "World Financial Planning" Jhon Marion, saludándole efusivamente el día que fue admitido como socio del bufete. Su carrera fue meteórica. Todo comenzó a los pocos meses de ejercer como becario. Su tutor en el bufete, le invitó a estar presente en el seguimiento de la cartera del mejor cliente del bufete. Encuentros que eran presididos por Jhon Marion en persona.

Antes de entrar en la sala de reuniones, Blanco su tutor y eterno aspirante a socio, le indicó que oyese o viese lo que fuera, mantuviera sobre todo la boca cerrada. Andrew Scott, además de singular y excéntrico, era un hombre de muchísimo carácter y muy malhumorado. Por tanto, había que tratarle con guantes de seda. El bufete no podía permitirse perder a tan exclusiva y rentable cuenta.

El cliente ya no cumpliría los setenta años, mas bien en poco los ochenta, y eso si la treintañera rubia explosiva de su mujer, no le atizaba demasiado.

La reunión comenzó con las consabidas bienvenidas, presentaciones y saludos de rigor. Tomó la palabra Blanco, para hacer una exposición detallada, de las posiciones financieras del contrato de gestión global del señor Scott. Precisó la rentabilidad anualizada obtenida en los activos financieros de renta fija, comparándola con la rentabilidad media de los mercados monetarios, con el bono alemán y la Fed. Pormenorizó los movimientos que el bufete, a su buen hacer, había realizado en sus activos de renta variable. Contrastando la rentabilidad obtenida con los mejores comportamientos de los índices de bolsa mundial: S&P, Ibex 35, Nikkei, Nasdaq y Dow Jones.

-Todo esto esta muy bien –dijo el cliente-.Son ustedes muy buenos en la gestión de mi patrimonio. No me puedo quejar, las rentabilidades son extraordinarias. Muy por encima de la de los mercados, -no es de extrañar, ustedes cobran en función de la rentabilidad y eso les hace ser aplicados-. Pero no obstante, lo que entra por un lado se me va por otro...

-No... le entiendo...señor Scott –titubeo Blanco.

-Es muy sencillo, ustedes me hacen ganar mucho dinero. Pero no evitan que luego se me lo lleve el fisco.

-Comprenderá que nosotros no ponemos las leyes y usted tiene que cotizar en función de sus ingresos. No obstante le hacemos las inversiones pertinentes, para que disfrute de las máximas desgravaciones fiscales permitidas por ley – contestó Blanco sudando, ante la mirada preocupante de Marion.

-No se...no se...tal vez lo consulte en otro bufete –replicó pensativo el cliente, mientras su joven esposa miraba lascivamente al joven becario.

Aquella respuesta del señor Scott indicaba claramente que a pesar de los buenos resultados de rentabilidad, había una insatisfacción, que ponía en peligro inminente la continuidad de la cuenta.

A la desesperada Blanco lo intenta.

-No se preocupe, este bufete y un servidor en cabeza nos ponemos ahora mismo a trabajar en este tema. En nuestra próxima cita, dentro de tres meses, le presentaremos soluciones.

-No se...no se...-volvió a repetir el septuagenario-. Tres meses. No entiendo porqué no se han anticipado al problema.

Blanco estaba pálido y sudando a chorros. Jhon Marion también estaba pálido pero seco, en el amplio sentido de la palabra. Andrew Scott miraba y mezclaba una y otra vez los papeles. Se estaba preparando para informarles de la inminente cancelación de la cuenta. La rubia seguía insinuándose al becario, cuando este se levantó y dirigiéndose al cliente le pregunto:

-Señor Scott ¿confía en su mujer?

Se hizo un silencio ensordecedor. Se podía mascar la tragedia ¡que atrevimiento! A Blanco le vino una arcada y salió corriendo al baño. Marion, con la boca abierta, miró asesinamente al insignificante de su becario, que acababa de cerrar definitivamente la cuenta, sin dejar ningún resquicio de posible solución. La rubia se ruborizó y desvió la mirada al suelo. Y el señor Scott se tomó un tiempo antes de reaccionar. Miraba pensativamente al pipiolo. Nadie en la sala podía adivinar lo que estaba pasando por su cabeza. Este atrevido becario no puede ser tan grosero, pensó.

-O es usted un insolente o un perspicaz Financial Adviser. Si es un insolente lo demandaré a usted y al bufete. Pero por si alguna extraña razón, que de momento se me escapa, es lo segundo. Le afirmo que efectivamente, tengo plena confianza en mi esposa.

Marion seguía con la boca abierta girando la cabeza de uno a otro lado de la mesa, intentando comprender aquella absurda y descabellada situación. Se oían en la sala las arcadas de Blanco desde el lavabo contiguo. La rubia se ajustaba el vestido pasándose una mano por la cadera y con la otra se retocaba el pelo. El becario, una vez que el cliente había aguantado el primer round, se sentía mas seguro y dirigiéndose hacia él, bordeando la mesa, extendió los brazos y se explicó.

-Si como usted afirma, cree plenamente en su esposa –en este momento la mira y ella sofocada aparta la mirada-. Tengo la solución para disminuir considerablemente sus impuestos fiscales, como consecuencia de los elevados beneficios producidos por su extenso patrimonio.

-Joven soy todo oídos –le sonrió Scott.

Marion se descomponía por segundos y seguía con la boca abierta. Blanco completamente pálido, salía del baño secándose las manos con el pañuelo y arreglándose el pelo.

-Bien... por sus ingresos y su patrimonio, usted se encuentra en el tipo marginal más alto de la tabla de impuestos. Según he apreciado en la presentación de mi compañero, usted tiene separación de bienes y su esposa carece de ellos ¿no?

-¡Exacto!

Blanco no entendía nada y a Marion estaba a punto de darle un infarto.

-Por tanto, si usted ejerce una donación temporal de usufructo de su patrimonio a su esposa. Pagaría el dos por ciento anual por la donación y el porcentaje de los impuestos correspondientes de una persona que no tiene otro tipo de ingresos. La reducción de impuestos sería considerable si....

-¡Un momento! –interrumpió Blanco- No ganamos nada con esta puesta en escena tan particular. A pesar de que la señora no tenga ingresos, los que le imputen por las rentas donadas de su esposo, son de tal volumen que también se van al tipo marginal y por tanto, no van a reducir impuestos.

Ahora todos, incluida la rubia, centraron sus miradas en el becario.

-¡En efecto! –volvió a su explicación, a la vez que se paseaba por la sala- El tipo marginal de su esposa también va a ser el máximo y por tanto de esos ingresos pagaremos lo mismo que si fuera usted...Pero yo no me refería a ese impuesto, que evidentemente es ineludible, sino al de la base de tributación conjunta: ingresos más patrimonio.

Todos expectantes seguían su deambular por la sala. Nadie osó interrumpirle.

-Si no recuerdo mal, por las cifras de sus ingresos y la cuantificación de su patrimonio, usted cotizará un sesenta por ciento de la base conjunta de ambas partidas. Si logramos disminuir considerablemente sus ingresos con la donación temporal de usufructo a su esposa, pasaría a cotizar únicamente el veinte por ciento, que es el mínimo actual. Nos ahorramos un cuarenta por ciento de su montante que suponen...un montón de euros.

-Me gusta este tipo ¿por qué me ha hecho esta propuesta aparentemente tan descabellada inicialmente?

-Señor Scott, nos tenemos que ganar el sueldo haciendo que usted gane mucho y pague lo menos posible.

Por fin Marion cerró la boca y empezó a tener color. Blanco de nuevo se fue corriendo al baño. Andrew Scott le tendió la mano al becario, a la vez que la rubia sonreía pícaramente.

Después de este nostálgico recuerdo, de cómo llegó a ser socio del bufete, la última foto del anaquel de la librería, era la que más le preocupaba. Eran sus chicas, en la actualidad. Todos y todo habían sufrido cambios: El utilitario, se había convertido en uno de gama alta mas el deportivo para la señora, el pisito en una mansión, las pequeñas excursiones eran grandes vacaciones en sitios paradisíacos con cruceros a todo lujo. Los antiguos amigos no tenían el nivel de las grandes familias y las fastuosas fiestas de la alta sociedad. ¿Conversión o renuncia al origen? Elizabeth no era la de la sombrilla de irreverentes colores chillones. Evidentemente todos nos hacemos mayores y cambiamos, pero ella nunca había sido una snob. Su única obsesión son los modelitos, las fiestas, los cruceros...Mas vida social que familiar. Y lo más preocupante, es que esto lo consideraba un derecho.

La hija, ya no es la niña vivaracha, de eterna sonrisa y regazo. Ahora el abrazo paterno lo sustituye por las fiestas, las vacaciones, el móvil, el coche, los chicos, los trapitos, los maquillajes, etc. Estudiar es un esfuerzo excesivo y total ¿para que?, recrimina ella. Es una *cool*...

Esta última foto verdaderamente le retorcía el estómago y le deprimía. Tanto trabajo y sacrificio ¿merecía la pena? Su actividad profesional generaba riqueza económica a su familia, pero ¿y el amor? ¿y la familia?... Si... en definitiva eran mas pobres, pensó irónica y amargamente.

-¿Se puede, interrumpo algo?

-No, no... pasa Marion –contestó bajando los pies del escritorio.

-Quería saber como llevas el tema de Brush Company.

-Que una compañía nos pida el estudio de como ser líder mundial en la producción de aluminio, no es tarea fácil...

-Bueno, por eso nuestras minutas son millonarias –contestó Marion.

-Bien, pues creo que lo tengo resuelto. Es un puzzle complicado pero puede resultar.

-Dispara –le conminó Marion.

-He seleccionado una serie de empresas cuyos ratios según el análisis fundamental de renta variable son muy óptimos. Me refiero al Price Earnings Ratio (PER) y al Price Cash Flow Ratio (PCFR). Ambos indican que el precio de la acción es muy bajo en comparación con los beneficios de la empresa o el Cash Flow generado. Por tanto la compra de cualquiera de ellas sería muy rentable.

-No te apartes del aluminio –recriminó el accionista mayoritario del bufete, Jhon Marion.

-¿Me dejas seguir...?

-¡Oh!..Por supuesto, perdona..

-Sin apartarnos de nuestro horizonte, para seleccionar la empresa concreta he utilizado la estrategia *event driven*, que es la de aprovechar ciertas situaciones puntuales que puedan causar una gran debilidad a la empresa. En este caso es el Director de Producción. Es el corazón de la empresa y un cuerpo sin corazón no puede vivir.

-¡Eso es! Le quitamos el alma –añadió eufórico Marion.

-No. Te equivocas Marion. He dicho el corazón, no el alma. Sin corazón no podemos vivir. Sin alma, si. De hecho nadie de este bufete tiene.

-Vale...con...continua.

-Brush Company ya ha contratado, hace dos semanas, a este ingeniero, por cinco veces sus emolumentos actuales. En días tendremos a esta compañía a nuestros pies. De estar preparando un split de sus acciones, por su elevado valor, prácticamente pasaran a regalárnoslas.

-¡Perfecto! Desembucha, de quien se trata –interrogó Marion.

-Kiribati's Preserve

-¿Queeeee? Una fábrica de conservas de Kiribati. ¿Qué es Kiribati? ¿Qué demonios te propones, arruinar el bufete?

-Tranquilo Marion...

-¡Mierd...!

-¡Un momento por favor! La República de Kiribati está en el Océano Pacifico cerca de las Islas Samoa de EEUU. Son un montón de micro islas diseminadas por el océano. En su capital Tarawa, se encuentra Kiribati`s Preserve, que se dedica a la conserva del pescado, industria principal del país. Sus propietarios no tienen ni idea del negocio. Viven en Miami y todo esta bajo la gobernación del Director de Producción, como te expliqué anteriormente.

-No veo el aluminio por ningún sitio –espetó Marion.

-La empresa en sí, no nos interesa. Pero una parte de su activo, es una pequeña isla rocosa, sin fauna, sin flora, sin corales. Vamos, desértica por completo; pero con una característica peculiar en su roca: está compuesta de Bauxita.

-¿Qué?

-Bauxita. La bauxita es un agregado de varios minerales que se utiliza para la obtención del aluminio. Pero esta bauxita es especial, es puramente oxido de aluminio. Con esta bauxita se eliminan procesos en la obtención del aluminio. Por tanto, eliminación de costes elevados de producción y control total de precios. Quien controle este tipo de mineral, controlará el mercado mundial.

-¡Eres un genio! ¿Cuándo compramos Kiribati`s Preserve? –pregunto Marion.

-La próxima semana. Habrá que mandar a alguien del bufete con poderes, para hacer ofertas, preparar el finiquito y cerrar el trato.

-Ya he decidido quien...-mirando Marion astutamente a su socio.

-No Marion. Sabes que no me gusta volar.

-No te preocupes, si te caes del avión, debajo habrá mucha agua. Por cierto, por que no le pones gasolina a ese encendedor de una vez. Nunca enciende.

-Todavía no es el momento –contestó mirando al Zippo en su mano izquierda.

(II)-No te rindas ante la adversidad, lucha contra ella-

Observaba desde la ventanilla del avión las nubes blancas algodonosas y debajo de ellas la inmensidad azul del Océano Pacífico.

Mas que respeto o miedo a volar, era pánico lo que sentía cada vez que tomaba un avión. Para esta ocasión, por la importancia del vuelo y sobre todo por la peculiaridad del destino, el bufete contrató un jet privado. Viajaba con una tripulación de dos personas: comandante de vuelo y mecánico.

Cansado de ver agua, tomó su teléfono móvil y encendió la grabadora: Kiribati. República de Kiribati situada al este de Papua Nueva Guinea ... su capital es Tarawa...He citado a toda la familia de Kiribati`s Preserve, diseminada por EEUU para hacerles una oferta que no van a rechazar... Llevan un mes con la fábrica bloqueada.... Con esta transacción el bufete se embolsa diez millones de euros, de los cuales tres largos son para mí...

Apagó la grabadora del móvil, sacó su encendedor, ¡clic!¡zas!¡clak! ...y se durmió.

Súbitamente todo su cuerpo comenzó a temblar. Se despertó asustado pensando que serían sus nervios. Enseguida se percató de que lo que temblaba era todo el aparato. Toda aquella mole de acero vibraba como una batidora. Era un jet de papel de aluminio. El comandante conectó la megafonía y le conminó a que se abrochase el cinturón y mantuviera la calma. Se trataba de pequeñas turbulencias, como consecuencia de la aproximación de una tormenta con bastante carga eléctrica. Estaba valorando la posibilidad de desviar el rumbo y evitarla. Le mantendría informado. No le satisfizo demasiado la explicación. Se metió el encendedor en el bolsillo del pantalón y se abrochó el cinturón hasta casi ahogarse. En un segundo, casi sin terminar de abrocharse, todo se oscureció. Un manto tenebroso y lóbrego cubrió el exterior. Se hizo la noche mas sombría e impenetrable. Prácticamente el aparato había sido engullido por un agujero negro...

Los informes previos de meteorología no han indicado nada al respecto, pero estamos dentro de una enorme tormenta; ha aparecido como un fantasma, indicó el comandante al mecánico. Este le replicó que el giroscopio de la brújula estaba bloqueado, las lecturas del altímetro y del radio altímetro no eran coincidentes, en realidad no sabían a cuantos pies de altura estaban. El comandante le ordenó que comprobase la tasa de descenso o ascenso en el variómetro. No lo sé comandante, contestó el mecánico, en realidad no sé si ascendemos o descendemos, el variómetro esta a cero. Deben de ser los campos magnéticos de la tormenta que han bloqueado todo el software, conecta el piloto automático, indicó el comandante. Tampoco funciona señor. Estamos perdiendo mucha altura y no se ve una mierda, toma el mando que voy a comprobar los fusibles por si......

No era una pesadilla ¿o si? No me puedo mover, me ahogo; me está cegando este líquido, ¡por Dios, es sangre!. El perspicaz Financial Adviser estaba saliendo de la conmoción producida por el malogrado accidente del jet privado. Todavía no era consciente del alcance de la situación, de los daños materiales, humanos y de su propia psiquis.

Por fin pudo desabrocharse el cinturón de seguridad y darse cuenta de que gracias a él estaba vivo. El aparato había chocado frontalmente contra una pared rocosa. Su asiento, por el golpe seco del choque, se arrancó del armazón y salió despedido. Tenía una pequeña brecha en la frente. Su único rasguño de aquel gravísimo percance. El aspecto del avión era deplorable. La cabina estaba empotrada en la roca y doblada como un acordeón. El resto estaba totalmente desvencijado. Comprobó, entre el amasijo de hierros retorcidos, que ambos tripulantes habían quedado mortalmente mutilados. Era un milagro que él no tuviera ni un hueso roto, sólo una pequeña herida. Lo primero que se le ocurrió, fue solicitar ayuda a través del móvil "*...con esta transacción el bufete se embolsa diez millones de euros, de los cuales tres largos son para mí*". Se percató de que había conectado la grabadora y, lo peor de todo, no tenía cobertura.

Las primeras horas, después del accidente, estuvieron marcadas por el desconsuelo y la incertidumbre. Su principal ocupación fue la de solicitar amparo y auxilio, por todos los medios posibles. Con los enseres y útiles del avión, logró encender una gran fogata que alimentó con ramas verdes, para producir cuanto mas humo mejor. Localizó una explanada cerca del mar y escribió con maderos secos la palabra SOS. Gritó y gritó hasta quedarse afónico...nadie apareció.

Transcurrían los días con amargura y abatimiento. Ante la soledad evidente en que se encontraba, decidió explorar su hábitat. Descubrió que se encontraba en una pequeña isla perdida en el inmenso océano. Una maldita roca que sobresalía del mar, rodeada de playa y con extensa vegetación en sus laderas. Era evidente que se encontraba solo y sin posibilidad de ayuda. La cuestión era si la isla sería visitada por alguien, aunque para ser realista, pensó, no he apreciado nada que me permita alumbrar un atisbo de esperanza. Por otro lado organizarán un rescate, no cejaba en conjeturas, se darán cuenta que hemos desaparecido, no hay contacto. Pronto los aviones sobrevolarán el islote.

Se sucedían las semanas con el desánimo en ciernes. Se autogestionaba: no te rindas ante la adversidad, lucha contra ella. Recordaba un principio que de niño estudió en biología: en la naturaleza te adaptas, emigras o mueres; no hay otra alternativa. Y en la isla no había otra opción que adaptarse, porque emigrar no podía y morir no quería.

La sala de reuniones del bufete estaba casi al completo. Tenía la palabra Jhon Marion.

-Han transcurrido cinco meses desde la desaparición de nuestro amigo, padre, marido –mirando a Elizabeth y su hija-, y socio de este bufete. Todos los intentos de rescate y localización, tanto por mar como por aire, han sido infructuosos. Pero esta circunstancia no doblegarán nuestras esperanzas en encontrarlo, perdón, en encontrar a los tres con vida – terminó la frase gimoteando.

-¡Hipócrita! –susurró Elizabeth al oído de su abogado- Hipócrita de ocho millones de euros.

-El avión es un Falcon 900B –explicó el representante de la Private Jet Cía, propietaria del aparato siniestrado-. Tiene una autonomía de ocho mil kilómetros y está equipado con Dme y Transponders o eco secundario que son transmisores de alta frecuencia, que los diferentes equipos de salvamento, tanto el marítimo como el aéreo, no han detectado. Hemos sembrado el Pacífico de ondas con resultado totalmente negativo. Por estas evidencias y por los cinco meses transcurridos, estoy en disposición de afirmar que, muy a mi pesar, tanto los tripulantes como el pasajero de nuestro jet, yacen en las profundidades de una sima oceánica.....

-¡Noooo......! – gritó descarnadamente Elizabeth, a la vez que un llanto desgarrador hacían saltar lágrimas de su ojos.

-¡Lágrimas de cocodrilo! –susurró Marion al oído de Blanco.

-En nuestro bufete no abandonamos a nadie , somos soldados –tomó la palabra Blanco-. Y para ser consecuentes con lo que decimos, queremos mantener viva la llama de la esperanza. Para ello vamos a realizar un nuevo intento de localizar con vida a nuestro socio...y...por supuesto... a los dos tripulantes. Y el artífice, casi diría yo que el héroe, que va a conseguir esta hazaña es Randy Wolf.

(III)-En la vida, la primera obligación es vivirla-

Randy sabía que después de cinco meses de búsquedas infructuosas por diferentes equipos de salvamento y rastreo, su misión era poco menos que imposible. Pero merecía la pena correr el riesgo por un millón de euros, en el supuesto de localizarlo vivo, en caso contrario, apenas le cubrirían los gastos y poco más.

La cuestión era cómo realizar una localización fructífera, en la inmensidad del océano Pacífico. Partió de la carta de ruta del vuelo. Pensó que lo único que podía haberles desviado de su trayectoria, sería o un avería irreparable o una tormenta inesperada. Para acotar la superficie de búsqueda, analizó los boletines meteorológicos posteriores a la salida del vuelo, no los previos. Ya que entendía que si la tormenta hubiera estado pronosticada, no hubieran marcado la ruta inicial. Efectivamente, detectó que a las pocas horas de iniciar el vuelo, se formó una tormenta con gran descarga eléctrica. Concretamente en la línea de ruta, entre las islas Phoenix y el atolón Palmyra.

Centrado en ese cuadrante, al quinto día divisó un peñasco

rompiente, en cuyo lateral se podía adivinar lo que podrían ser los restos de un accidente aéreo. Tras varias pasadas por el islote no divisó actividad alguna. Las playas circundantes estaban limpias. No obstante, amerizó con su hidroavión. Penetró en la espesa vegetación y cuando se dirigía a localizar, los restos que había divisado desde el aire, recibió un contundente golpe seco en la cabeza, haciéndole perder el sentido.

A medida que se recobraba del desvanecimiento, era mas consciente del inmenso dolor de cabeza que tenía. Además, ¡no podía moverse! Era de noche y estaba atado de espaldas a una palmera. Delante de el una pequeña fogata y al fondo, cubierto por las tinieblas y escondiéndose de la flama de las llamas, la silueta de una persona jugando con un encendedor en la mano,...¡clic! ¡zas! ¡clak!

-Me dijeron que si te encontraba vivo, te reconocería fácilmente por tu inútil encendedor sin llama.

No obtuvo respuesta alguna de la misteriosa silueta.

-Veras, me han contratado para localizarte. Así que, lo primero que tienes que hacer es soltarme y luego alegrarte, o al revés, como quieras. Me da lo mismo.

-En tu documentación pone que te llamas Randy Wolf ¿quién eres y qué quieres?

-A través de un bufete, un tal Jhon Marion, me suelta un millón de euros si te localizo vivo, cosa que aunque no lo admitas he hecho. Muerto vales menos, sólo me cubre los gastos. Por otro lado, tu esposa ya te da por amortizado, no deseaba mi servicio. No lo entiendo.

-Si...-una larga pausa, hasta que decidió hablar-...si, me lo creo. Nuestra compañía, cubre a los socios del bufete con una indemnización, para el caso de fallecimiento durante el ejercicio de nuestra actividad profesional, con ocho millones de euros. Teniendo en cuenta que pronto se cumplirán seis meses de mi desaparición, y llegado ese momento, las autoridades emitirán mi certificado de defunción; deduzco que ella ansía cobrar y él no quiere pagar. Paradójicamente mi socio Marion me prefiere vivo y mi esposa, me desea muerto.

-¡Joder que putada!

-No, no va a suponer ninguna putada. Nadie va a saber que estoy ni vivo ni muerto. Nadie va a abandonar esta isla.

-Ahhh...ya te pillo –exclamó Randy-. Estáis compinchados. Por eso tu mujer no quería...Pretendes esconderte hasta que ella coja la pasta y luego....a disfrutar.

- Me malinterpretas, no me has entendido. Verás, cuando por puro azar eres el único superviviente de un accidente aéreo y además te encuentras solo en una isla abandonada en medio del Pacífico y sin ningún contacto humano. Como mínimo, te exiges una reflexión del pasado, un análisis del presente y una previsión de futuro. Te planteas tu vida como una segunda oportunidad. ¿Para cometer los mismos errores? No, para evitarlos. La diferencia entre vivir la vida y simplemente vivir, está entre ser libre o no. La vida es un manojo de rosas en el que se armoniza el sufrimiento de las espinas, con la belleza de los pétalos. Al transcurrir de los días la incertidumbre dio paso a la desesperación, al enojo y al pesimismo. Pero la claridad de la paz, me trajo la tranquilidad y desembocó en la esperanza. He decidido quedarme a vivir en la isla. Este será mi hogar el resto de mi vida. Es la decisión de mi futuro.

-Queeé...– incrédulo, trató de convencerle-, no puedes quedarte a vivir aquí y solo. No hay medios ni medicinas. ¿Qué sería de tí?....¿Has pensado en tu trabajo, en tu familia...?

-No pretendo que apruebes mi decisión, ni trato de convencer a nadie de ello. Pero estoy harto de resolver problemas del bufete, de mi familia y de todo el mundo. ¡No quiero resolver problemas de nadie! ¡Quiero vivir solo! ¡No quiero ocuparme de nada! Deseo tomar las riendas de mi vida. Quiero disfrutar de vivir, y... quiero enterarme de que vivo. Y aquí por primera vez en mi vida, lo he conseguido. Nos esperanzamos día a día en pequeñas prebendas, vacaciones, jubilaciones, etc, para poder soportar el tortuoso camino de la vida. Por suerte para mi, todo eso ha desaparecido. Además ¿qué sería de nuestra existencia sin el arrojo de intentar alcanzar la libertad?

-¿Libertad? a esto le llamas libertad....

-Nos convertimos en ciegos, por no querer mirar de frente a la realidad. Escucha Randy. En teoría económica, existe lo que se llama "frontera eficiente".Es una gráfica que relaciona la rentabilidad con el riesgo. Marca la evolución de la rentabilidad en función del riesgo. Hay un punto, en el que se obtiene la máxima rentabilidad, con el máximo riesgo. Técnicamente se denomina umbral de eficiencia. Yo lo llamo el "eje de la ambición". Puedes conjugar y elegir tú mismo, la rentabilidad que deseas, en función del riesgo que estés dispuesto a asumir. En nuestra sociedad hemos superado el "eje de la ambición" y estamos creciendo en riesgo sin que por ello incrementemos en rentabilidad. Nuestra evolución ha aportado logros eficientes, a pesar de incrementar riesgos. Así como en economía llega un momento en que por mucho riesgo que incrementes, no da más rentabilidad y lo único que haces es poner en peligro "gratuitamente" tu dinero; en nuestra sociedad está ocurriendo lo mismo. El punto máximo con el equilibrio de las variables ya se ha alcanzado

hace tiempo y ya no ganamos en bienestar, ni en felicidad, ni en salud, ni en libertad...ni en nada. Sólo incrementamos el riesgo. El riesgo de explotación, de injusticia, de enfermedades mutadas e incurables, de catástrofes naturales, de deshumanización, de falta de solidaridad, de escasez de amor, y sobre todo...riesgo de soledad.

-Hablas de soledad, tú que pretendes vivir solo en este islote.

-Las personas no están solas, se sienten solas. Efectivamente, aquí estoy solo. Me gusta estar solo, pero no me siento solo. Tengo los dos factores que hacía mucho que había perdido: tiempo y soledad. La soledad es sentimiento y la necesito, y el tiempo es un concepto relativo. La vida es demasiado larga para sufrirla, pero escasa para disfrutarla. A un gran sabio le preguntaron si había vida después de la muerte, y él respondió: "mejor pregúntese usted, si hay vida antes de la muerte". Lo único que pretendo es ser feliz. Y he llegado a la conclusión, de que la felicidad radica en conformarte con lo que tienes.

-Quedarte aquí solo es una forma de eutanasia...

-No digas estupideces Randy. Nadie ama la vida mas que yo. Además hay que tener mas valor para vivir que para morir. La vida es una extraña mezcla de azar, destino y carácter. En la vida, la primera obligación es vivirla.

-Bueno al fin y al cabo, no me importa lo que decidas con tu vida. Pero a mi suéltame de una vez. Siguiendo tus consignas, sin libertad no merece la pena vivir –reclamó Randy Wolf.

-No se todavía lo que voy hacer contigo, pero no estoy dispuesto a peder mi statu quo.

Le despertó súbitamente el ruido de los motores del hidroavión. Como narices ha podido soltarse, se lamentó. Se dio cuenta de que le había desaparecido su encendedor. Corrió tras el hidroavión a la vez que lo maldecía: maldito hijo de ...

Nuevamente en la sala de reuniones del bufete se congregaron abogados, familiares, socios del bufete y Randy Wolf. Todos estaban muy nerviosos. Randy les había comunicado que tenía noticias que exponer y que aportaría pruebas. Se mascaba la tragedia entre unos y otros. La sala parecía mucho más fría que de costumbre. Marion demandó a Randy que comenzara su exposición. Nadie sabía de que se trataba. El semblante de Randy era extremadamente serio. Su mirada al suelo, era el preludio de que estaba preparando mentalmente su exposición. Su mano derecha en el bolsillo acariciaba nerviosamente el encendedor. Una lucha interna no le había cejado desde el momento que escapó de la isla. Ideas ridículas y utópicas del naufrago contra su dinero. Era la oportunidad de cancelar todas sus deudas. La vida es mucho más seria, y al fin y al cabo... ¡Se estaba jugando un millón de euros!

Comenzó el relato describiendo el aspecto del jet empotrado en la roca. La localización de los dos tripulantes muertos –que en realidad no llegó a ver. Se detuvo, se adelantó unos pasos, y depositó el encendedor en la larga mesa. La exclamación fue unánime. Todos reconocieron el zippo con el grabado de *Rebeca*. La tensión estaba a punto de estallar. Para

Marion podía ser una señal de supervivencia y para Elizabeth lo contrario.

Randy les observó y con una maliciosa sonrisa en los labios dijo: tengo que comunicaros que tu marido Elizabeth, tu socio Marion esta...

Volvió a oír aquel maldito ruido de los motores del hidroavión. Con él se desvanecerían sus ilusiones. Efectivamente estaba amerizando en el mismo lugar de la playa. Se escondió en la maleza y tomó posición en lo alto de una roca. El siguiente paso era esconderse en el entramado de las cuevas rocosas de la playa. Observó con asombro, como Randy descargó unas cajas, puso en marcha los motores, elevó el aparato y a vuelo rasante bordeó dos veces la isla, diciendo adiós con la mano sin ver a nadie.

Se acercó al montón de cajas y se sorprendió felizmente al comprobar que se trataba de avituallamiento y suministros. Una enorme carcajada inundó toda la playa. Descubrió que a unos veinte metros del montón de cajas, había una aparte. Algo brillaba sobre ella. Se acercó y con enorme entusiasmo, vio que de pie sobre la caja estaba su zippo. Lágrimas surcaban sus mejillas. Temblorosamente con la mano derecha sujetó la nota que posaba bajo el encendedor :*Gregory, ahora sí es el momento*. Lo acarició entre los dedos de su mano izquierda, a la vez que acrobáticamente con el pulgar abrió la tapa ¡clic!, rascó la rueda de la piedra saltando la chispa ¡zas!, y...flameó.

15 a 21

Introducción

En 1521 la ciudad de Logroño fue asediada por los franceses. La situación era desesperada. La población tenía dos alternativas: resistir hasta morir o claudicar para posteriormente morir de vergüenza

Los ciudadanos se movilizaron e intervinieron cada cual en aquello que mejor sabía hacer.

Un partido de pelota a mano, en el frontón de la ciudad nos va describiendo la defensa (cortada al aire, bote pronto, volea, botivolea, a contrapie), el juego (azules, coloraos, barbos, chipas, a la par) y la lucha por la victoria (sotamano, besagain, carambola, arrimada, saque). Los protagonistas del frontón pasan a ser del asedio y viceversa.

La astucia y la imaginación, superarán a la fuerza.

15 a 21

***Un** silbido surcó el cielo cruzando la muralla. Sin tiempo de adivinar su origen, se produjo una enorme explosión en medio del gentío. El pánico y el desconcierto se apoderaron de la multitud. Desorientados, corrían despavoridos cubiertos de sangre y restos humanos...*

Continuaron dos cañonazos secos que impactaron de lleno en las murallas del norte. Tembló la tierra y un sonido atronador cubrió la ciudad. Todo es más terrorífico cuando se ignora el motivo.

"He parlamentado con el comandante en jefe de las tropas hostiles, el General Asparrot", dijo en su alocución el capitán Vélez de Guevara a la población. "Son tropas francesas del Rey Francisco I que han acudido en apoyo de su cuñado Enrique II para recuperar Navarra. Nos conminan a que, como puerta de Castilla que somos, abramos nuestras murallas y les permitamos el paso hacia Burgos." Su alocución, fue interrumpida con gritos e insultos hacia los franceses.

"He analizado al invasor y os diré que nos enfrentamos a un ejército de más de dos mil quinientos infantes, unos quinientos soldados de caballería y más de treinta artilleros. Están bien pertrechados; los infantes con arcabuces, mosquetes y espingardas. La caballería con sables y alabardas; y la artillería con un sacabuche, dos morteros, dos pedreros y tres culebrinas. Se trata de artillería ligera de fácil movilidad y alcance medio, pero sin la suficiente potencia como para derribar nuestros gruesos muros." La gente inició un ligero murmullo. "Por tanto, como máxima autoridad militar de la plaza, instauro la Ley Marcial. Todos los hombres civiles mayores de dieciséis años, quedan liberados de sus trabajos y ocupaciones; estarán bajo el mando de la guarnición, con el fin de defender nuestro honor y nuestra ciudad. Las hembras de pecho, niños, enfermos, embarazadas y ancianos, se refugiarán en las casas de las murallas del sur. Desde el sotillo, las culebrinas no alcanzarán esa zona. ¡Por Logroño! ¡Por el Emperador Carlos V!"

Lo que no dijo el capitán Vélez de Guevara en su arenga fue que el grueso de la guarnición se había desplazado al interior de Castilla, hacía más de un mes, para aplastar la insurrección comunera; dejando, además, vacío el arsenal de la fortaleza.

Comenzó **el primer día de aislamiento.**

.../...

Era un frontón abierto y de pared izquierda. Debido al asentamiento de judíos conversos en la parte este de la ciudad, se prolongó el Muro de Pósito y se rehizo el Muro del Este. En el ángulo recto formado por la unión de ambos muros, se erigió el nuevo y flamante frontón de Logroño. El frontis en el Muro del Este y la pared izquierda en el Muro de Pósito. Sus cuarenta varas de largo, su fleje de chapa metálica fundida en la herrería local y el suelo de tierra compacta, hacían de él "el santuario" del juego de la pelota a mano; no sólo de la ciudad amurallada de Logroño, sino de todo el valle del Ebro.

En un principio, únicamente la nobleza tenía el privilegio de la práctica del juego de la pelota a mano. Hasta que la plebe se hizo con las reglas, el juego, el espectáculo y las apuestas. No había ferias, festejos o romerías que no contasen con duelos de frontón; individuales o de parejas. Guarnicioneros, mozos de cuadra, tejeros, alfareros, seminaristas conciliares, herradores, ministrantes, mozos de cordel o amarradores, pobres de solemnidad, tejedores, vaciadores o afiladores, tintoreros, haraganes, basteros, curtidores, cesantes, esquiladores, jornaleros, gañanes y militares. Todos olvidaban su condición o escala social al remangarse sus calzas o zaragüelles, descalzarse las albarcas y soltar la mano lanzando la pelota contra el frontis, devolviéndola éste con su sonido característico.

Los dos jugadores salieron con el juez, ante la expectante mirada de la muchedumbre para ver quien tendría el saque y qué pelota retiraba. El tanteador marcaba **0 a 0**.

.../...

Tras varios días de asedio, los alimentos empezaban a escasear. Isaac y Hortensio, rivales pero no enemigos, decidieron arriesgarse para avituallar a sus necesitadas familias. En su eterno e invariable antagonismo; Isaac era pescador y Hortensio cazador. Las penurias alimenticias hicieron que Hortensio sacrificara sus tres hurones; para dar de comer a sus hijos. Ello significaba la imposibilidad de cazar furtivamente conejos: y eso, sí que era un problema.

"Tengo unos botrinos echados en la punta del Sotillo, algún cangrejo habrá caído", le dijo Isaac a Hortensio. "Esta noche, por la bodega del tío Facundo, accederemos al Ebro chiquito y lanzaremos unas manos de trasmallo. Seguro que capturamos dos o tres cunachos de madrillas", disponía Isaac. "¿No te das cuenta de que los franceses están en el Sotillo?", inquiría Hortensio. "Esos gabachos lo último que esperan es que nos pongamos a pescar delante de sus narices a las tres de la mañana, no te preocupes. Mañana comeremos madrillas y barbos hasta hartarnos", vaticinaba Isaac. "Y caracoles, que aún me quedan... ", revelaba Hortensio.

Avanzaba el **noveno día de bloqueo.**

.../...

Ambos jugadores, vecinos de Logroño, eran antagónicos en todo: cuerpo, mente y juego.

Isaac Gil, cristiano nuevo, era más bien menudo. Su juego se definía alegre, vivaracho, ingenioso y creativo.

Hortensio Barrera, cristiano viejo, era corpulento con grandes brazos y manos. El juego lo basaba en su palanca. No buscaba la jugada, sino arrollar al contrario.

Ambos se jugaban mucho en el partido. El que se proclamase campeón de las ferias previas de la siega, recibiría una fanega de trigo y diez arrobas de carne de cerdo. Significaba eliminar las miserias de sus familias para el próximo invierno.

Hortensio comenzó el estelar con un saque largo cruzado. La pelota muy arrimada, venía rozando el lateral. Isaac armó el brazo, pero no pudo sacarla. Los nudillos rozaron la pared izquierda y la piedra lijó las articulaciones ensangrentándolas. ***1 a 0.***

.../...

Alto, espigado, nariz aguileña y manos huesudas. Caminaba con aire marcial, bien tieso; el padre Iñigo Iturri, con el bonete a modo de corona y la sotana bailando entre sus piernas.

Se presentó enérgico en el campamento francés, desoyendo los gritos de sus feligreses.

Desde las murallas no se lograba oír lo que les decía en el Sotillo. Pero a decir de los contundentes gestos, la soflama era más exaltada que sus sermones en el púlpito.

Un oficial francés salió, igualmente airado, de su tienda de campaña. Sin mediar palabra, le arrebató el sable a un soldado, y sin vacilación se lo clavó. El clérigo hincó las rodillas en tierra, a la vez que extendía los brazos. Como quiera que transcurrían los minutos y el cura mantenía su postura, el oficial impaciente, sin dejar de arengarle, le sacó el sable; favoreciendo su desangrado interior, para forzar la caída.

Taciturno, Iñigo Iturri mantenía su mártir estampa, con los brazos abiertos y sus manos tensas. Alterado y descompuesto el oficial francés, por la sobrenatural resistencia a caer a sus pies; empuñó su arcabucillo, lo apoyó en la cabeza del sacerdote... y disparó. El bonete saltó por los aires impregnado con fragmentos de la cabeza. El cuerpo, totalmente inerte, se encorvó hacia delante manteniéndose de rodillas. Indignado el francés, le pegó una patada en la espalda al cuerpo sin vida del párroco y fue entonces, al fin, cuando cayó a tierra.

Desde las murallas, los logroñeses rabiosos lloraron el sacrificio de su conciudadano. "El bien no siempre tiene un final feliz", le decía Isaac a Hortensio, a la vez que sus manos, con los nudillos aún heridos, arañaban violentamente la roca de los muros.

Transcurría el **duodécimo día de asedio.**

..../..

La mañana había salido con algo de rocío pero con un cielo de color azul intenso. Era miércoles veinticinco de mayo de mil quinientos veintiuno y la meteorología era acorde a la época del año, previa al estío.

El juez de la contienda era el Padre Iñigo Iturri, un cura vasco francés. Su afición por la pelota le venía de sus orígenes allá en un caserío de la muga entre España y Francia. Era tal su devoción al juego que la práctica del mismo le había acarreado algún que otro "malentendido" con la Santa Inquisición. Así que para evitar que le colgaran un "sambenito", se limitaba a ejercer de juez y a dar consejos.

El Padre Iturri, interrumpió el segundo saque y se colocó en medio de la cancha flanqueado por ambos jugadores y mirando al público. Los que estaban sentados en el suelo se levantaron. El cura se santiguó y fue imitado por todos los asistentes. Rezaron el ángelus en honor al misterio de la Encarnación; el sol en su cenit **señalaba el mediodía.**

.../...

A medida que avanzaban los días de cerco, las tropas francesas iban incrementando sus hostilidades. Las culebrinas no cejaban en lanzar metralla.

"Nos están achicharrando con su artillería y nosotros ni siquiera respondemos con nuestras lombardas, instaladas en la defensa de las murallas, al menos para alejarlos del Sotillo", le recriminó Régulo Rodríguez al capitán Vélez de Guevara. "Mi querido guarnicionero, las lombardas para que sean efectivas necesitan de lo que no disponemos: pólvora", respondió el capitán. "Yo se lo voy a solucionar", afirmó Régulo, continuando con "quiero que me traigan cuantas gavillas de sarmientos puedan, salitre, azufre, orín de caballo y, ya puestos en jarana, azúcar."

"En mi juventud participé en la conquista de Chichimeca (Méjico) y allí fabricábamos nuestra propia pólvora. Quemaré los sarmientos para obtener carbón, una parte de este carbón lo mezclaré con otra de azufre y cuatro de salitre. Con todo bien molido y los orines de caballo, haré una pasta y la secaré al humo, así obtendré toda la pólvora que usted necesite", le ofreció Régulo al capitán. "Me ha dejado impresionado... ¿y el azúcar?", preguntó Vélez de Guevara. A lo que respondió el guarnicionero: "Con el azúcar desapareceremos..."

Esa noche, Isaac y Hortensio no iban a pescar. Tras lo sucedido con el padre Iñigo, habían decidido entrar en acción. Ocultos en la oscuridad de la noche, se deslizaron por la orilla del arroyo. El Sotillo era una isla formada por el Ebro y un riachuelo llamado Ebro chico. La artillería francesa y el avance de tropas estaban acampados en la isla. Colocaron unas cargas, con la pólvora recién fabricada, en la desembocadura del Ebro chico. Formaron un reguero de pólvora, a modo de mecha, y cuando estaban a punto de darle combustión con el pedernal, "espera un momento Hortensio, he traído una ración extra de pólvora", indicó Isaac. Desapareció y al instante vino marcando otro reguero, lo unió al anterior y la chispa encendió la pólvora de ambos senderos. Corría el fuego comiéndose la pólvora y echando humo; en la oscuridad se apreciaban ambas sendas luminosas. Primero detonaron las cargas del río; taponando su desembocadura al Ebro y anegando el Sotillo. Casi sin tiempo de reaccionar a la primera explosión, sucedió la segunda; saltando por los aires la tienda de campaña del oficial francés, con él dentro.

Madrugada del **decimoquinto día de cerco.**

.../...

Hortensio Barrera sabía que su juego lo tenía que basar en los cuadros largos con pelotas vivas. La que había elegido inicialmente, a pesar de haber anotado el primer tanto, no le convencía; así que llamó al pelotero para apartar otra.

Régulo Rodríguez de profesión guarnicionero, era el pelotero más completo de Castilla. Su pasado, nada claro, más bien turbio. Tuvo que escapar de Francia por lesionar a la mitad de la nobleza gabacha, descalabrándoles manos, codos y hombros al confeccionarles pelotas rellenas de arena, yeso, cal o limaduras de metales.

En el cestaño de mimbre le ofreció a Barrera dos tipos de pelotas. Las de núcleo de madera de boj, recubierto con intestino de caballo, compactadas con lana de oveja merina y forradas con dos trozos de cuero de vaca, recortados en forma de ocho. Pelotas muertas con buena redondez pero fáciles de deformar. Las otras, con diferencias tales como que, en vez de intestino, llevaban capas de látex sólido y el forro, también de cuero de vaca, compuesto por ocho trozos triangulares. Se incrementaba la dificultad del cosido, poniendo a prueba la pericia de Régulo, pero las pelotas eran más estables y mucho más vivas.

Barrera, después de un pequeño peloteo, apartó una alegre y se la dejó probar a Gil. Tomó carrerilla con la pelota en la mano derecha en alto y a la voz de "¡va!" ejecutó otro saque largo y cruzado. Al darle la espalda a Gil, éste con picardía se adelantó y entró al saque con una cortada al aire. Pilló desprevenido a Barrera que le dio como pudo a bote pronto. Gil, buscando el hueco, lanzó un gancho con la izquierda ejecutando un dos paredes perfecto; rasgándola por encima de la chapa y lanzándola con violencia al ancho. Barrera, a contrapié, no pudo reaccionar. **1 a 1.**

.../...

Tras el sabotaje a la artillería y las bajas que había producido la "voladura" del oficial francés; el acoso y hostigamiento se incrementó sangrientamente.

Los muertos dentro de la ciudadela se enterraban en un Campo Santo provisional. El año venía de sequía y hambre en toda Castilla; pasando el precio del trigo, de trescientos diez maravedíes la fanega a once reales o un ducado. La población carecía de provisiones suficientes. A pesar de las madrillas y los barbos, las necesidades alimenticias eran grandes. Las ratas dejaron de ser esos asquerosos roedores para convertirse en sabrosa carne asada. Los que intentaban salir, eran cazados y asesinados por las tropas francesas. Caer enfermo o herido, era la antesala de la muerte. Los pueblos de alrededor, que intentaban ayudar, eran neutralizados por la caballería que utilizaba la táctica del "torna-fuye"; constantes acometidas y huidas.

La situación era desesperada y no había alternativas. Resistir al asedio era una agonía lenta y claudicar al invasor supondría una muerte instantánea y una eterna deshonra.

"Si ocultáis mi salida, voy en busca de ayuda", se ofreció Juanita "la pereta" al capitán de la guarnición. "A pesar de mis seis arrobas, no hay quien me gane a montar a caballo."

La operación se gestó de día; no había nada que perder. Prepararon doscientas libras de pólvora mezclada con azúcar. El guarnicionero había dicho que servía para desaparecer, y era cierto. La pólvora mezclada con el azúcar genera seiscientas veces su volumen en humo. Lanzaron bombas de humo alrededor de toda la muralla. Se formó un cinturón de seguridad totalmente opaco. Abrieron la puerta sur y "la pereta" verdulera y amazona, salió disparada en el caballo del capitán Vélez de Guevara. Perfecta conocedora del terreno, no necesitaba visibilidad para guiar, con las espuelas y las riendas, al corcel. Ambos, Juanita y el caballo, con un trapo húmedo en la boca, dibujaron una estela en el humo a la vez que desaparecieron y, ¡quien sabe!...

Al amanecer del viernes diez de junio de mil quinientos veintiuno, los franceses levantaron el campamento de la orilla izquierda del Ebro y abandonaron el asedio. Desde las murallas la gente no daba crédito a lo que veía. Pero el griterío, bullicio y algarabía provenía del lado sur. Don Antonio Manrique de Lara, Duque de Nájera y Virrey de Navarra, con cuatro mil soldados, acudía en defensa de la ciudad de Logroño. Encabezaba sus tropas montado en su caballo y a su diestra, en amena plática, cabalgaba una oronda dama.

El capitán Vélez de Guevara gritó: "¡Los franceses han puesto grupa a Logroño!"

Era el **decimoséptimo y último día de asedio.**

.../...

El partido se estaba desarrollando a un gran ritmo. Llevaban más de doscientos pelotazos a buena, y a Gil se le había formado un clavo en la mano derecha, debido a tantas boleas defensivas y sotamanos ofensivos. No obstante iba ganando.

Los entendidos y apostantes, denominados vulgarmente "cátedra", estaban muy divididos. Habían confiado en la fortaleza de Hortensio Barrera con su tremenda pegada, pero Isaac Gil con sus continuos cortes y su juego vivo, ratonero e intuitivo, estaba poniendo en graves aprietos a su adversario... y a los apostantes. Los "barbos"que salen al alza y eligen, se estaban cubriendo con los "chipas" que en principio van a la baja y aceptan. En todo este tinglado había una clara ganadora: la corredora.

Juanita "la pereta" hija de una bercera de muy buen parecer y no cristiana vieja, era la mayor verdulera del Mercado. Era abundante su mercancía y su cuerpo; una cara regordeta y roja con grandes venas azules en sus manos. En el frontón ella se encargaba de cruzar las apuestas: cincuenta maravedíes contra diez pollos, medio celemín de trigo contra una cántara de vino, once reales y un maravedí o un ducado de plata contra dos arrobas de aceite... Con el dedo marcaba la apuesta; a colorado, si lo apoyaba en la cara y a azul, en el dorso de la mano. Estos colores, que los diferenciaban, iban en las fajas que los pelotaris llevaban para evitar que se les cayeran las calzas.

Con un 21 a 14, Gil se disponía a realizar el último saque. En contra de lo esperado retiró la pelota más viva. En la carrerilla del saque el público aplaudió... ¡va! La pelota tomó todo el frontón y los espectadores de atrás le gritaron a Barrera ¡libre! Entró bien a bote, arrimándola. Al aire Gil lanzó un besagain. Extenuado por la carrera, llegó Barrera de botivolea, elaborando de escapada una dejada en el rincón. Gil, desplazado, esperaba una carambola al ancho. Se lanzó inútilmente. "La cátedra" saltó y gritó alborozada. Estaban disfrutando de un gran partido. El día era realmente hermoso.

Un silbido surcó el cielo cruzando la muralla. Sin tiempo de adivinar su origen, se produjo una enorme explosión en medio del gentío. El pánico y el desconcierto se apoderaron de la multitud. Desorientados, corrían despavoridos cubiertos de sangre y restos humanos...

El partido quedó **15 a 21.**

Printed in Great Britain
by Amazon